拾った熊が僕のベッドに棲んでいます。

拾《ひろ》った熊《くま》が僕《ぼく》のベッドに棲《す》んでいま

藤《ふじ》崎《さき》 都《みやこ》

ILLUSTRATION：金《かね》ひかる

拾った熊が僕のベッドに棲んでいます。

LYNX ROMANCE

CONTENTS

拾った熊が僕のベッドに棲んでいます。

雨の音が聞こえる。時折混じる轟音《ごうおん》は雷だろうか。体の奥底から這《は》い上《あ》がってくる寒さにぶるりと体を震わせると、ぎゅっと強く抱きしめられた。

「ほら、これを舐《な》めろ」

口の中に硬いものが押し込まれると、舌の上には癖のある味が広がった。咳《せき》が止まらなくて喉《のど》が切れたときの嫌な味と似ている。

「……うえ、へんなあじ……」

「そうだな、ごめんな。でも、怪我《けが》が早くよくなるから飲み込んでくれ」

申し訳なさそうに云《い》われ、口に含まされたものをどうにか飲み下す。

薬なら仕方ない。注射を打たれるよりは我慢できる。前の病院の先生は注射が上手《うま》かったけれど、残念なことに新しいところの先生はあまり上手ではないのだ。

「寒くないか？」

「うん、あったかい」

さっきまで寒かったけれど、いまはもふもふとした温かい何かに包まれている。春の日向《ひなた》のような匂いがした。

「もう少しで助けが来るから頑張れ」

助けとはどういう意味だろうか。そういえば、ここはどこなんだろう。

（何があったんだっけ……？）

考えようとすると、ズキリと頭の芯《しん》が痛む。そういえば、体のあちこちが無性に痛い。

「おとーさんとおかーさんは……？」

急に心細くなってそう問いかけると、相手は小さく息を呑《の》んだ。

「……二人は先に寝ちゃったんだ」

「そっかあ……」

「大丈夫、お前は一人じゃない。俺がついてる」

「ほんとうに……？」

「お前も少し眠れ。起きたら元気になってるはずだ」

そういえば、さっきからすごく眠い。周りもよく見えないから、いまは夜なのだろう。

「うん」

「おやすみ。せめて、いい夢を――」

優しい声に誘《いざな》われるようにして、夢の中へと落ちていった。

1

（この匂い何だったっけ……？）

ぼんやりと覚醒《かくせい》した小鳥遊《たかなし》深月《みづき》は、鼻腔《びくう》を擽《くすぐ》る懐かしい匂いに内心首を傾《かし》げた。この匂いを嗅《か》いでいると、晴れた日に干した布団の心地よさを思い出して妙に安心する。

絶対に知っているはずなのに、どこで嗅いだ匂いだったか思い出せず、もどかしい気持ちになった。

「……？」

匂いにばかり気を取られていたけれど、ふと深月は何かむにむにとした感触のものを握っていることに気がついた。

落ち着く温かさと程よい弾力が心地よくてついつい揉《も》んでしまうのだが、それが何なのか心当たりはなかった。

（あれ？　昨日、何か大変なことがあったよな……？）

大学の講義のあと、アルバイトに行ったところまでは思い出せるのだが、その先がはっきりしない。何か大事なことを忘れているような気がするのだが――。

どうにか頭を起こし、ぼやけた視界をクリアにしようと目を凝《こ》らす。何度か瞬《しばた》いたあと、目に飛び込んできた赤い毛並みに、深月は思わず目を瞠《みは》った。

「？」

ベッドに横たわっているのは赤茶色のもふもふとした毛の固まりで、深月が握っているのはそこから伸びた手のようなものだった。

「手？」

握りしめていたものを見ると、鋭く立派な爪と大きな肉球がある動物の手だった。気持ちのいい弾力のある感触はこの肉球だったようだ。

赤いもふもふをよくよく見てみると、目と鼻と口、それに小さな耳もある。

（……クマ？）

まったく覚えていないけれど、巨大な赤毛のクマのぬいぐるみをどこかから持って帰ってきてしまったのかもしれない。

「それにしても、よくできてるな」

毛並みといい、肉球の感触といい、随分とリアルな作りだ。観察していたら、そのぬいぐるみの胸が上下に動いていることに気がついた。

（呼吸してる？）

まさかと思いつつ、試しに指でつついてみたら、ぱちりと目が開いた。

「…………」

「…………」

まるで本物のような質感の瞳《ひとみ》と目が合い、見つめ合ってしまう。薄茶色の円《つぶ》らな瞳は吸い込まれそうなほどに澄んでいた。

「この匂い……お前、もしかして――」

「え、クマが喋《しゃべ》った？」

いま、目の前に横たわったクマは確かに日本語を話した。驚きのあまり、思考が口から出てしまう。

「何云ってる、俺が喋ったらおかしいか？　――すまん、やっぱりおかしいよな、クマが喋ったら」

クマは自分の手を見ながら、自問自答している。普通ではあり得ない状況に、深月は頭がついていかない。

自分の部屋にクマがいることもおかしいし、クマが人間の言葉を喋るのもおかしい。この常軌《じょうき》を逸した状況を説明できる理由は一つしか思いつかない。

「……夢？」

それが一番納得のいく答えだった。

「そう、これは夢だ。普通は部屋にクマなんていないから。もう一度眠れば現実に戻るから大丈夫」

深月の問いかけに、クマは我が意を得たりとこくこく頷《うなず》く。夢の中に出てくるクマが、これは夢だと云うだろうか。云いくるめようとしてくるクマに不信感を持ち、試しに自分の頬《ほお》を思い切り抓《つね》ってみた。

「痛い」

この痛みは現実だ。夢ではないというなら考えられるのはもう一つ、精巧な着ぐるみの可能性だ。

クマの着ぐるみが何故深月の部屋にいるのかという疑問が生じるけれど、仮定は一つ一つ検証していく必要がある。

「わかった、中に人が入ってるんですね？」

クマの背中を覗《のぞ》き込み、繋《つな》ぎ目を探すがファスナーは見つからない。となると、口から入るタイプだろうか。

「あがががが」

中の人の顔だけでも確認しようと、両手で口をこじ開ける。だが、目に入ったのは中の人ではなくリアルというにはリアルすぎる鋭い牙《きば》と生々しい口腔《こうくう》だった。

呆然《ぼうぜん》としていたら、クマが深月の肩を掴《つか》んで引き剥《は》がした。

「こら、やめろ！　そんなことしたら顎《あご》が外れるだろう！」

「ご、ごめんなさい」

顎を手で擦《こす》りながら深月を叱《しか》るクマに謝りながら、頭を整理する。繋ぎ目もなく牙も本物で、手に触れる吐息は温かい。

「つまり、本物……？」

込み上げてきた本能的な恐怖にすーっと血の気が引いていく。

「おい、大丈夫か？　おい！」

深月は後ろに倒れるようにして気絶してしまった。


「はあ……」

ため息をついた深月は、暗い夜道を肩を落として自宅への帰途に着いた。

今日、バイトを休んでまで友人の働くバー〈レイジー〉に行ったのは、ＡＳＡＨＩという憧《あこが》れのギタリストがライブのステージに出演するかもしれないという情報を耳にしたからだ。

だが残念なことに、目当てのその人は閉店時間まで現れることはなかった。

彼を待つ客も少なくなかったけれど、店長も連絡がつかず困っているようで、事故にでも遭《あ》ったのかと心配していた。普段は約束を反故《ほご》にするようなタイプではないらしいのだが。

(日にちを間違えてたとか、スマホを落としたとかならまだいいんだけど……)

一方的なファンでしかない深月には、事故や病気でないことを祈るしかなかった。

ファンといっても彼の演奏を耳にしたのは、過去に一度しかない。以前、友人に〈レイジー〉でのバイトの代理を頼まれた。

グランドピアノのあるこのバーはステージの生演奏を売りにしている。日替わりで奏者が変わるのだが、その日のステージは一人のギタリストによってアコースティックギターが奏《かな》でられていた。

客のリクエストに応《こた》える中、彼はふとオリジナルの曲を弾《ひ》き始めた。

――あの瞬間、世界が一変した。

まるで、手探りで進む暗闇の中の一筋の光。

月の消えた夜の一番星。

視界を覆《おお》っていた薄布が取り払われたかのように、目に映る全てが鮮やかになった。

彼のアコースティックギターの音色は繊細なのに、力強く抱きしめてくれるような包容力があった。温かいのにどこか寂しくて、切なくて、心に寄り添われているようだった。

一番不思議だったのは、懐かしさを覚えたことだ。

それまで彼を見かけたことも、演奏を耳にしたこともない。それなのに、何故か自分に向けて奏でられているように感じた。

（ただの錯覚だろうけど）

それでも、深月はまるで宝物をもらったかのような気持ちになったのだ。

深月は幼い頃に事故で両親を失い、それからずっと一人きりだった。

生きていくことに必死で、ただ日々をこなすだけの毎日。孤独に疲れきっていた深月の心に、深く優しく響き渡った。

切ない音色に聴き入っているうちに、気づけば涙が頬を伝い落ちていた。

拭《ぬぐ》っても拭っても涙が止まらず、やむなく洗面所に駆け込んだ。涙が止まるのを待ち、顔を洗ってフロアに戻ったときにはもう演奏は終わり、彼の姿はどこにもなかった。

あのとき、もう一度聴きたい、次は客として聴きにいこうと心に誓ったのだ。

だが、そのＡＳＡＨＩというギタリストはファンが多いにも拘《かかわ》らず神出鬼没らしく、彼の出演情報を得るのに皆苦労しているようだった。

今日は友人から〈レイジー〉のステージに彼が立つという話を聞き、アルバイトを休ませてもらい駆けつけたのだ。

「次はいつになるんだろう……」

バーの店長に聞いても、先の予定はわからないとしか答えてはもらえなかった。

店側はもっとたくさん出て欲しいと思っているようなのだが、本人に何か事情があるようで色よい答えがもらえていないらしい。

せめてもう一度、あの音色が聴きたい。切実な気持ちにため息をつきながら自宅アパートに帰り着いた深月は、階段の下で男が座り込んでいることに気がついた。

（酔っ払いかな……？）

金曜日の夜だ。羽目を外した酔客が、帰宅途中に具合が悪くなったのかもしれない。

がっしりとした体格に近寄り難さを感じてしまうけれど、急性アルコール中毒だったら大変だ。具合だけは確認しておきたい。

「あの、大丈夫ですか？」

黒いギターケースを抱きしめている男におずおずと声をかける。

心配性の友人が一緒にいたら、余計なことはせずに放っておけと云われただろう。だが、自分も人に助けてもらったからこそ生きている。

助けてくれた人たちへの恩返しはできないから、できる範囲で他の誰かを助けようと思っているのだ。

「……大丈夫だ、何ともない」

男は煩《わずら》わしそうに深月の手を振り払う。

「何ともって……怪我してるじゃないですか！」

手が触れた瞬間、ぬるりとした感触がした。鉄の匂い——暗くてわかりにくかったけれど、これは血だ。酔っ払いではなく、怪我人だったことに気づきパニックに陥る。

「きゅ、救急車呼ばないと」

「救急車も警察も呼ばなくていい。放っておいてくれ」

「でも」

確か今夜は雨の予報だ。こんなところに置いていくわけにはいかない。

「こんなのすぐに治る。見ず知らずの男に構わないほうがいい」

男が深月の手を払うようにして立ち上がった瞬間、アパートの外灯にその顔が照らし出された。

「え、ＡＳＡＨＩさん!?」

この赤い髪と鋭い目元は間違いなくＡＳＡＨＩだ。以前は遠くから座って演奏しているのを見ただけだからわからなかったけれど、深月を見下ろすほどの長身だった。

「……俺を知ってるのか？」

鋭い眼光に見下ろされる威圧感に怯《ひる》みそうになりながら、自分が怪しい者ではないとわかってもらうために言葉を探す。

「この間、レイジーで演奏を聴かせてもらいました！　今日、出演するって聞いたのでお店に行ったんですけど……」

深月の言葉に男は苦い顔になる。今日の出演予定を忘れていたわけではない様子だ。

「それはすまなかったな。ちょっと、トラブルがあったんだ」

何かあったことは彼の姿を見ればわかる。きっと、その件を詳しく知られたくないのだろう。

「あ、あの！　せめて手当てをさせてください。雨が降ってきたし、どこも閉まってる時間ですから」

「気持ちはありがたいが、俺に関わらないほうがいい――……っ!?」

男は深月を押しのけて行こうとしたけれど、目眩《めまい》がするのかバランスを崩して階段の手すりに縋《すが》りついた。

「こんな状態の人放っておけません。来てくれないと通報しますよ」

「……それじゃあ、手当てだけ頼む」

最終手段で脅《おど》すように云うと、渋々と承諾してくれた。

ＡＳＡＨＩの支えになりながら階段を上がり、どうにか二階の深月の部屋に連れてくることができた。足も挫《くじ》いているようで、足取りもぎこちない。

深月の申し出を固辞していたが、ＡＳＡＨＩは想像以上に弱っていた。

成人男性一人の重さに加え、自分の荷物とギターケースもあったため一苦労どころではなかったが、室内にたどり着けてほっとする。

胸を撫《な》で下《お》ろしたのも束《つか》の間、彼は玄関まで来たところでがくりと膝《ひざ》を突いた。

「だ、大丈夫ですか⁉」

「すまない、ちょっと力が抜けただけだ」

そうは云っても、相当辛《つら》い様子だ。本当に病院に行かなくてもいいのだろうかと不安に思いながらも、深月は肩に担いだ彼の腕を引っ張り上げる。

「ベッドまで頑張ってください……っ」

この部屋は廊下にキッチンがあるタイプのワンルームだ。すでに意識が朦朧《もうろう》としているＡＳＡＨＩを引き摺《ず》るようにして奥に運び、ベッドに寝かせたときには深月の息はすっかり上がってしまっていた。

「じゃあ、傷を見せてもらいますね」

革製のジャケットを脱がせた深月は、Tシャツの生地が不自然に破れていることに気がついた。しかも、黒い生地だから気づかなかったが、思った以上に出血をしている。

「うわ、すごい……」

見ているだけで貧血で倒れてしまいそうだったけれど、自分を叱咤《しった》して奮い立たせる。破れてしまっているTシャツはもう着られないだろうと判断し、ハサミで切って取り去った。

自治体で行われた救命救急講習程度の知識しかないけれど、まずは傷口を綺麗《きれい》にしなくてはと思い、硬く絞った濡《ぬ》れタオルで肌の血液を拭き取った。

（あれ？　傷が塞《ふさ》がりかけてる……）

肩から腹部に達する大きな傷口は、意外にも深くないようだ。すでに出血は止まっていて、むしろ治りかけている。

胸の傷以外にも、手の平に防御創《ぼうぎょそう》のようなものもある。どれも本来なら縫わなければ塞がらないような深さだったと思われるが、裂《さ》けた皮膚の奥から再生が始まっていた。

一体、いつ負った怪我なのだろう。不思議に思いつつも、消毒をしてガーゼを当てテープで留めておいた。

一人暮らしの大学生である深月の部屋に救急用品が揃《そろ》っているのは、過去の経験からだ。いつ何時、大きな怪我をするかもしれないと思うと、何かあったときのための用意がないと不安になってしまう。

一先ず傷の手当てがすんだことにほっとした深月だったが、ＡＳＡＨＩの体を触った瞬間違和感を覚えた。額にも汗が浮いている。

「熱い……？」

深月の体温は高いほうではないけれど、それにしたってＡＳＡＨＩの体は熱すぎる。熱が出ているのだ。傷が治りかけているとしても、ばい菌が入ったら化膿《かのう》してしまう。

「解熱剤……は飲まないほうがいいのかな」

薬箱を漁りかけ、思い直す。熱が出ているのは、体が侵入者と戦っている証拠だ。無闇に熱を下げることが得策とは云えない。

「あ、あの、ＡＳＡＨＩさんお水飲めますか？」

男子大学生の一人暮らしに、ミネラルウォーターのペットボトルなんて気の利いたものはない。グラスに水を汲《く》んで手渡すと、ＡＳＡＨＩは一息に飲み干した。

「もっとくれ……」

「は、はい！」

キッチンを二往復したところで落ち着いたのか、四杯目を汲んできたところで意識がなくなっていた。

「……寝ちゃった、のかな？」

念のため、呼吸を確かめる。規則正しく胸も上下しているし、翳《かざ》した手に息も触れる。気絶したわけではなさそうだ。

濡らして絞ったタオルを額に乗せてやると、寝苦しそうだった表情が少し和らいだ。

「そうだ、足も痛めてたよな」

歩き方がぎこちなかったことを思い出し足首を確認すると、左足が見事に腫《は》れ上がっていた。痛々しい患部に湿布を貼り、冷凍庫に入れっぱなしだった保冷剤を乗せて包帯を巻く。

彼の体の下から上掛けをどうにか引っ張り出して体にかける。熱が出ていても、体を冷やすのはよくない。

「これでよし、と」

あとはハサミを入れてしまったTシャツを処分し、着替えになるものを探すだけだ。

以前、イベントスタッフのアルバイトをしたときにもらったLサイズのTシャツを未開封のまま置いていたのを思い出し、クローゼットの奥から引っ張り出しておいた。

念のため、ゴムの伸びたハーフパンツも出しておく。外に出るには微妙な組み合わせだが、部屋で過ごすぶんには問題ないはずだ。

「何があったんだろう……」

こんな大怪我、事件に巻き込まれたとしか思えない。警察沙汰を嫌がるということは、何か後ろ暗いところでもあるのだろうか。

だけど、悪いことをするような人には見えない。あんな優しい音色を奏でられる人が悪人だとは思いたくなかった。

彼の持ち物は、ギターケースだけだった。ジャケットのポケットにスマホは入っていたけれど、財布や鍵など他の私物は見つからなかった。

「やっぱり、起きてから事情を聞くしかないか……」

本人が答えたくないことまで聞くつもりはないが、深月にも何か力になれることがあるかもしれない。

（それにしても、やっぱ格好いいな……）

見た目でファンになったわけではないけれど、ＡＳＡＨＩの容姿は印象的だ。真っ赤な髪につり上がった鋭い目元、すっと通った鼻筋と薄い唇が酷薄な印象を与える。

手足は長く、バランスよく筋肉がついている。逞《たくま》しい胸板と割れた腹筋は、同じ男として羨《うらや》ましいほどだ。

「――ん？」

ＡＳＡＨＩの手が上掛けの上を彷徨《さまよ》っていることに気がついた。何気なくその手に自分の手を重ねてみると、ぎゅっと強く握られた。

「……っ⁉」

大きくて力強く温かい手の平の感触にドキドキしてしまう。ギターを弾いているからか、皮膚が硬くなっている部分があった。

気まずさを振り払うため引き抜こうとしたけれど、ＡＳＡＨＩの力はやけに強かった。

「……どうしよう、離れない」

深月の手を握ったまま、放してくれなくなってしまった。どうにか解《ほど》けないか試してみても、びくともしない。

（もしかして、心細いのかな……）

具合が悪いときは誰だって不安になるものだ。寝入った怪我人を無理に起こすわけにもいかず、手を解くのは諦《あきら》めることにした。

（仕方ない、洗濯はまた明日だな）

あちこちに血がついてしまっていて一見したら凄惨《せいさん》な事件現場にしか見えないが、この部屋に来客などない。急いで片付ける必要もないと思い直した。

「僕も今日は疲れたな……」

バーで待ちくたびれたせいもあるかもしれない。深月はやむを得ず、手を繋いだままベッドに突っ伏すようにして眠りについた。

チチチ、という雀《すずめ》の鳴き声で目を覚ました深月は、瞬間的に蘇《よみがえ》ってきた記憶にがばりと飛び起きた。

「クマ!?」

自分の部屋に赤いクマがいて喋っていた。そんなことがあるわけないと理性が否定するものの、慌《あわ》てて室内を見回すと誰もいない。

（よかった、やっぱりクマが僕のベッドにいたのは夢だったんだ……）

変な夢だったけれど、やけにリアルだった。頬を抓った痛みも感じたけれど、そういう夢だってたまにはあるだろう。

胸を撫で下ろしていると、キッチンのほうで声がした。

「お、気がついたか？」

ドアの向こうから顔を出したのは、ＡＳＡＨＩだった。深月のＴシャツとハーフパンツをぱつぱつにして着ている。

「昨日は迷惑をかけたな。お陰で助かったよ」

「はあ……」

信じがたい光景に、間の抜けた返答しかできなかった。

これは夢の続きなのだろうか。再び頬を抓ってみたが、やはり痛い。

「着替えを借りた。今度、洗って返すな」

気さくに笑うＡＳＡＨＩは、妙に深月の部屋に馴染《なじ》んでいる。

（そうだ、昨日――）

何故憧れの人が自分の部屋に、と驚きかけたところで昨夜の記憶が戻ってくる。アパートの前で怪我をしてへたり込んでいる彼を連れ帰り、傷の手当てをしたのだ。

眠り込んでしまった彼に手を放してもらえなくなり、そのまま深月もベッドに突っ伏すようにして眠ったのだった。

そして、目を覚ましたら何故か部屋に赤いクマがいて、びっくりして気絶してしまったのだが、いまはいない。何が夢で何が現実なのかわからず混乱してきた。

「あ、あの！　さっきクマがこの部屋にいませんでしたか……!?」

「クマ？　ここにはお前と俺しかいないぞ。夢でも見たんじゃないのか？」

「で、ですよね……。変なこと云ってすみません」

謝りながらＡＳＡＨＩを見上げると、頭に違和感を覚えた。軽やかに笑うＡＳＡＨＩの頭にぴこんと毛むくじゃらの耳のような何かが飛び出した。

「頭に耳……？」

思わずそこを凝視すると、ＡＳＡＨＩは焦《あせ》った様子で咄嗟《とっさ》に手を頭にやった。

「こ、これは寝癖なんだ！　癖っ毛で耳みたいな形になるんだよな」

思い切り目が泳ぎ、笑いが引き攣《つ》っている。

「いや、でも、髪の毛とは違う感じが……」

心なしか、手の甲もさっきより毛深く見える。

「気のせいだよ。ほら、押さえたら寝癖も取れただろ？」

ＡＳＡＨＩが手を離すと、さっきまで耳のようなものが生えていた場所には何もなくなっていた。

「本当だ。でも、さっきは確かに――」

「寝起きで寝ぼけたんじゃないか？　あっ」

今度は両手で尻を押さえている。顔には作り笑いを浮かべているが、口元はぎこちなく引き攣っていた。

「どうしたんですか？」

「何でもない、本当に何でもないんだ」

背後を覗き込もうとしたけれど、ＡＳＡＨＩは作り笑いを浮かべてじりじりと後退していく。ドアを閉め、キッチンに消えた直後、ビリビリッと布が激しく破れる音がした。

「!?」

どう考えても何でもないわけがない。

慌ててベッドから飛び降りてキッチンを覗くと、夢に見た大きな赤毛のクマが所在なさげに立っていた。

その足下には元の形を失ったＴシャツとハーフパンツが落ちている。

「いや、その、これには事情が……」

「そう…でしょうね……」

気まずげに振り返るクマに対して、深月はそう返すことしかできなかった。


深月は赤毛のクマになったＡＳＡＨＩと改めて向き合っていた。

正直云って、まだ狐《きつね》につままれているような気分だが、現実逃避をしたところで何の解決にもならないことだけはわかっている。

犬のお座りのような体勢で座ったＡＳＡＨＩが、恐る恐る問いかけてくる。

「……驚かないのか？」

「驚いてますけど、驚きすぎて頭が働いてないだけです」

どれもこれも夢ではなく現実だった。

アパートの前に憧れのギタリストが倒れていてものすごい怪我をしていたことも、目を覚ましたら自分の部屋でクマが寝ていたことも、手当てをしたその人がそのクマに変身したことも、どれもこれも心底驚いたけれど、立て続けに驚いていたら感覚が麻痺《まひ》してきたようだ。

驚きすぎると、人は冷静になるものだと初めて知った。

（それに悪い人には見えないし……）

野生のクマが部屋にいたら逃げるしかないけれど、中身はＡＳＡＨＩだ。危険な目に遭うとは思えない。不思議と憎めない雰囲気があるのだ。

狭いキッチンで困り果てている姿はむしろ微笑《ほほえ》ましかった。

立った状態だと人間のＡＳＡＨＩと同じくらいの身長はあったから、百八十センチほどだ。大きさからするとヒグマに近いだろうか。

大きな手足に鋭い爪は威圧的だが、薄茶色の円らな瞳やひくひくと動く黒い鼻先は可愛《かわい》らしい。全身を覆う毛並みは、人の姿のときの髪の色と同じ燃えるような赤茶色をしている。ツキノワグマのように胸元の一部に白い毛がＶの字に生えていた。

さっき触った感触では見た目よりも柔らかく、昔撫でたことのある柴犬の冬毛の触感と似ている気がした。

そこにいるだけで他を圧倒する存在感を放っているのに、大きな体を縮こまらせて小さくなっている様子に愛《いと》おしささえ感じてしまう。

この姿を見て、深刻な気持ちのままいるほうが難しい。それにいまは混乱するよりも、状況を把握する必要がある。

「あの、あなたはＡＳＡＨＩさんなんですよね？」

まずは基本的な正体、つまり自分の知っている彼といま目の前にいる彼が同一人物であることを確認しておきたかった。

「それは間違いないから安心してくれ。俺の本名は熊辻旭《くまつじあさひ》といって、普段はバーでギターの演奏をしたり、あとは依頼を受けて作曲をしたりして生活している」

彼は毛むくじゃらの大きな手で器用にスマホを操作し、メモ帳アプリに自分の名前を綴《つづ》る。スマホを操作するクマの姿は何とも云えずコミカルだ。

（やっぱり、クマだから苗字に熊がつくんだろうか……）

行き倒れていたＡＳＡＨＩの持ち物は、やはりジャケットのポケットに入っていたスマホとギター、それだけだった。ギターケースだけは肌身離さず持っていたのは職業柄だろうか。

「どうやら、カバンはどこかに落としてきたみたいだな。身分証があればよかったんだが」

「身分証があるんですか？」

「そりゃ、普通に生活してるからな。運転免許証くらい持ってる。差し支えなければ、君の名前を聞いてもいいかな？」

「僕は小鳥遊深月と云います。えーと、ただの大学生です」

自分には特筆すべき肩書きはない。

「たかなし？」

深月が名乗ると、ＡＳＡＨＩ――もとい、旭は何故か意外そうな顔をした。

「あ、小鳥が遊ぶって書くほうの小鳥遊で、深い月でみづきです」

とくに珍しい響きの名字ではないけれど、念のため解説する。漢字は少し変わっているかもしれない。

　この名前は母方のもので、一時的に祖父母に引き取られたときに変わったのだ。その祖父母も娘を亡くしたショックですぐに体調を崩し、深月を手放すことになったのだけれど。

「わかった。よろしく、深月」

「……っ、よ、よろしくお願いします」

　改めてお互いに頭を下げる。まるで見合いか面接のような妙な雰囲気だ。まさか、こんなふうにクマと挨拶《あいさつ》を交わし合う日が来るなんて想像もしていなかった。

（って、いまはのんびり挨拶してる場合じゃないだろ）

　ほのぼのしていても状況は把握できない。

「あの……どうしてそんな姿になっちゃうのか訊《き》いてもいいですか……？」

　改めて一番疑問に思っていることを投げかける。

（誰だって、疑問に思うよね？）

　さっきまでは普通の人間だったけれど、いまはこうしてクマの姿になっている。

「——そうだな、君になら話してもいいか。ただし、俺から聞いたことは誰にも云わないって約束してくれるか？」

「もちろん、約束します。だけど、多分誰に云ったって信じてもらえないと思いますよ」

　深月の返答に、旭は気まずそうに頭を掻《か》く。

「嘘《うそ》みたいな話だろうから、一先ず聞くだけ聞いてもらうしかない。実は俺は……ある組織の実験によって生み出された熊と人間が融合した突然変異なんだ」

「突然変異？」

いきなりアニメの設定のような突拍子もない話をされて、呆気《あっけ》に取られた。

一瞬冗談なのだろうかとも思ったが、旭の話しぶりは真剣で口を挟む隙《すき》もなかった。とりあえず、いまは黙って聞いておくしかなさそうだ。

「何年か前にその組織から逃げ出してきたんだが、こんな非人道的な実験が世間に知られたら大変なことになるのは、君も想像がつくだろう？　捕獲されて研究対象か、よくて晒《さら》しものだろ」

「はあ、確かにバレたら大騒ぎになるでしょうね……」

旭の話が本当だとしたら、大騒ぎどころの話ではない。このインターネット社会では、一気に情報が拡散してしまう。

旭は笑っているが、実際は笑い話ではすまない。とくに変化《へんげ》の瞬間を動画に撮られたら、現代では殺されるようなことはないだろうが、普通の生活が送れなくなることは想像がつく。

「だから、救急車とか警察はダメだって云ったんですね」

突然変異の真偽はともあれ、実際にこうしてクマにはなっている。精密検査をされたら、普通の人間ではないことがバレてしまう。

「風邪の診察くらいなら問題ないが、血液を調べられたら一発でアウトだ。そもそもあんな怪我が一晩で治ったら怪しすぎるだろ」

「あっ、そういえば治ってますね」

昨日は左肩から右腹部にかけてざっくりとした傷があったけれど、いまは大きな瘡蓋《かさぶた》が残るだけだった。手の平の傷も皮膚がやや引き攣れたようになっているけれど、うっすらとした線が残るだけになっている。

確かに自分が医者だったら、絶対に精密検査に回すだろう。世紀の大発見として、論文が書けてしまう。

「だから、大したことはないって云っただろう？　このくらいの傷なら一晩も経《た》てば塞がる。俺たちは体が丈夫だから、ちょっとケンカが激しいんだよな」

ちょっと激しいというレベルではない気がする。傷の治りが早いと、歯止めも利かなくなってしまうのだろうか。

「っていうか、俺たちって誰とケンカしたんですか？」

「まあ、ちょっとな……」

旭は言葉を濁す。あまり突っ込まれたくないことだったらしい。

（そうだよな、知り合ったばかりの人間が聞けることじゃないよな……）

臆面もなく立ち入ったことを訊こうとした自分を反省する。事情を説明すると云ったって、初対面の人間に話せないこともあるだろう。

（……待てよ。逃げてきたなら身分証はどうしたんだ？）

組織から逃げてきたのだとしたら、戸籍はなかったはずだ。

疑問は残るけれど、これ以上追及するのは難しい。旭がクマだということと、誰かに追われているということだけは確かなのだ。いまのところ、彼の云い分を信じておくしかない。

「君には面倒をかけたな。俺はそろそろ失礼するよ」

「え？」

旭はそう云って立ち上がると、ギターケースと脱いでいて無事だったジャケットを手に取り、玄関へと向かった。

「ちょ、ちょっと待ってください！　もう少し休んでいたほうが……」

だいぶよくなったとは云え、あんな大怪我のあとすぐに出歩くのはあまり勧められたことではない。立ち上がる様子を見る限り、足首の具合もまだ悪いようだ。

「心配しなくてもこのくらいの傷はあと何日かすれば完全に治る。ほら、このとおり——痛っ」

何ともないところを見せようとして片足で立ってみせた旭は、痛みに顔を顰《しか》めた。もしかしたら挫いただけでなく骨にヒビでも入っていたのかもしれない。

「まだ治ってないじゃないですか」

「いまのは油断しただけだ。普通に歩くぶんには問題ない」

「でも……」

「助けてもらったことには本当に感謝してる。気持ちは嬉《うれ》しいが、これ以上迷惑をかけるわけにはいかない。俺がここにいると、厄介ごとに巻き込んでしまうかもしれないからな」

「だとしても、いまは行かせられません……！」

　玄関に向かおうとする旭の手を摑んで必死に引き留める。

「――いまは？」

　深月の物云いに、旭はやっと動きを止めた。

「だって、まだクマの姿じゃないですか！」

「……あ……」

　深月が平然としているから忘れていたようだが、旭はまだクマの姿のままだ。この姿でアパートから出てきたら大騒ぎになってしまう。

「人に戻るのを忘れていた。姿を戻すから後ろを向いていてくれ」

「あ、はい」

「――ん？　おかしいな」

「どうしたんですか？」

「くそ、怪我のせいか……。上手く姿を変えられない。普段はコントロールできるんだが」

　旭は悔しそうな様子で呟《つぶや》いた。

「そうなんですか？」

「自律神経の調子が悪くなると、変化が上手くいかなくなるんだ。怪我のストレスで一時的に不調になってるんだろう。困ったな……」

「あ、あの！」

「何だ？」

「よかったらしばらくウチにいませんか？」

「ここに？」

意を決して切り出した深月の誘いは想定外のものだったらしく、旭はぽかんとした顔で見つめてきた。

「この通りめちゃくちゃ狭いですけど、ベッドは旭さんが使ってくれていいですから！　体調が回復したら、コントロールができるようになるんですよね？　だったら、それまでゆっくりしていって下さい」

「これ以上、迷惑はかけられない」

旭は深月の世話になることには抵抗があるようだった。きっと、あまり人と深く関わらないようにしてきたのだろう。

「迷惑なんかじゃありませんし、困ったときはお互い様って云うじゃないですか。その傷がよくなるまでは、外に出ないほうがいいと思います」

（僕は何でこんなに必死に引き留めてるんだ？）

初対面でこんなことを申し出るなんて馴れ馴れしいと思われるかもしれない。

　自分でもよくわからないけれど、ここで旭とさよならをしてしまっては後悔するような予感がした。

（やっぱりお節介すぎかな……）

　昔から距離感を摑むのが上手くない。役に立ちたいと前のめりになるせいで、鬱陶《うっとう》しがられることも少なくなかった。

「……本当にいいのか？」

「もちろん、旭さんがよければですけど……」

　問い返され、慎重に言葉を選ぶ。強引に引き留めれば、逆に怪しまれそうだ。

　考え込む旭の答えをじっと待った。

「――怪我が完治すれば人の姿を保ち続けられるくらいに体が安定するはずだ。それまでの間、甘えさせてもらってもいいか？」

「是非！」

　前のめりにならないようにと思っているのに、旭の答えが嬉しくてテンションが上がってしまう。

　そんな深月の反応に、旭は可笑《おか》しそうに声を上げた。

「君は本当にお人好しだな」

「そ、そうでしょうか」

「こんな素性のわからない胡散臭《うさんくさ》い男の世話を焼こうなんて、物好きだとしか思えないな」

「旭さんは胡散臭くなんかないと思いますけど……」

物好きというのは否定できないかもしれない。普通なら、クマになる人間に積極的に関わり合いになろうとはしないだろう。

「そう云ってもらえるのはお世辞でも嬉しいよ。しばらくの間、よろしく頼む」

「こちらこそよろしくお願いします」

毛深くて大きな手で深月の手を握り、感謝の気持ちを伝えてくる。旭のクマの耳はぴこぴこと小刻みに震えていた。

もしも、旭がクマじゃなくて犬だったら、尻尾をぶんぶんと大きく振っていたに違いない。

(……可愛いな)

成人男性に可愛いという表現はよくないとは思うが、それ以外にぴったり来る表現は見つからなかった。

2

「それにしても、その……シンプルな部屋だな」

改めて部屋を見回した旭は、云いにくそうに感想を口にした。言葉を選ぶ様子に深月は苦笑してしまう。

「殺風景って云ってくれていいんですよ。普段は大学とバイトがあるので、この部屋では寝るだけなんです」

深月の部屋は、七畳ほどの広さだ。作りつけのクローゼットに、貰《もら》いもののベッドと簡易な勉強机、本棚代わりのカラーボックスが一つだけ。食事をするときは折り畳み式の小さなローテーブルを利用している。

特段の趣味もなく、サークルにも入っていない。友人を部屋に呼ぶこともなければ、彼女がいたこともない。

我ながら無味乾燥な生活だという自覚はあるが、毎日を過ごすことで精一杯で趣味を楽しむ余裕は持ち合わせていなかった。

「まあ、俺も人のことは云えないけどな。機材と楽器以外はベッドとソファくらいしかない」

「お仕事は家でしてるんですか？」

「こんな体だから念のためな。普段はコントロールできるから支障はないんだが、体調を崩したときは万が一ってこともあるから会社勤めは難しい」

「確かに……」

「他にもやることがあったしな」

「やること？」

「――アパート住まいってことは、深月は一人暮らしなんだろう？　近くに頼れる人はいるのか？」

聞こえなかったのかわざとなのかはわからなかったけれど、旭は深月の問いかけをスルーした。人それぞれ、答えにくいことがあるのは当然だ。もちろん、深月にも追及されたくないことはある。

「親戚が埼玉《さいたま》のほうにいます」

大学やアパートの保証人には、父の従弟《いとこ》夫婦になってもらっている。大学入学前に一度会ったきりだけれど、後見人になってくれる人がいるだけで充分ありがたい。

「親戚？」

「……僕、両親はいないので」

身の上話で同情させたいわけではないため、暗くならないようさらりと告げた。

「そうか、不躾《ぶしつけ》なことを聞いてすまない。苦労してるんだな」

「そんなに気を遣わないで下さい。むしろ、一人で気楽な生活ですよ。両親の残してくれた学資保険で学費の半分は賄《まかな》えてるし、アルバイトも楽しいですから」

「そうか、深月は偉いな」

「そ、そんなことないですよ」

優しい眼差《まなざ》しで褒《ほ》められ、ムズムズしてしまう。

親がいないと云うと往々にして同情されるけれど、自分では恵まれた状況だと思っている。衣食住に不自由することなく大学まで進学できたし、友人もそれなりにいる。

「こうして生きてるだけで、充分ありがたいと思ってます」

「深月……」

「あ、旭さんはベッドで寝て下さい。僕は床で大丈夫ですから。あとで友達から寝袋でも借りてきます」

同じゼミに山岳部の部員がいる。しばらく入山の予定はないと云っていたし、一週間程度なら貸してもらえるだろう。

「家主にそんなことをさせられるわけないだろう。俺なら床で充分だ」

「お客様なんですから、気を遣わないで下さい。それに旭さんじゃ寝袋に入らないじゃないですか」

旭のいまの姿では、片足だけで限界だろう。体を無理に押し込もうとすれば、寝袋もさっきのTシャツのような末路を辿《たど》りかねない。

「それはそうだが、毎日寝袋では体を痛めないか？」

「それじゃ、もう一組布団を買ってきたほうがいいかな……」

しかし、布団もあまり安くはないし、旭が帰れば不要になってしまう。

（夏のクーラー代も嵩《かさ》んだからあんまり余裕はないんだよな……）

この近くに、寝具をレンタルできるところはあるだろうか。深月が思案していると、旭は名案を思いついたと云わんばかりに声を上げた。

「ベッドで一緒に寝ればいいいんじゃないか？」

「一緒に⁉」

思わず大きな声を出してしまった。他人と一つの布団で一緒に寝るという選択肢は深月の中にはなかった。

「このベッド、シングルより少し広めだし、二人でも大丈夫じゃないか？　わざわざ布団を買うこともないし、寝袋も必要ない」

このベッドは大学の不要品バザーで入手したものだ。冷蔵庫を探しにいったのだが、ベッドもセットなら安くすると云われて引き取ることになった。

学生の一人暮らしには大きめでなかなか買い手がつかなかったらしいが、何もない深月の部屋には問題なく置けている。

「確かに寝られなくはないと思いますが……」

しかし、いくら大きめといっても旭と一緒は厳しいのではないだろうか。二人とも直立不動なら横たわることはできるだろうが、寝返りは難しい。

「人の姿に戻れば問題ないだろ？」

「戻れるんですか？」

「いまはまだ無理そうだが、夜までには戻れるようになるはずだ。寝ている間はリラックスしてるから、途中で変化することもないだろうし安心してくれ」

「だといいんですけど……」

「大丈夫だ、何とかなる」

（本当かなぁ……）

なし崩しに一緒に寝ることが決定してしまった。

前向きなところは旭の美点だろうが、云っていることにはあまり根拠もないように感じる。しかし、クマのままでもぎりぎり横たわれなくもない。一晩試してみるのもいいだろう。

「あとは旭さんの着替えをどうにかしないとですね」

彼の服で無事なものは脱がせておいたジャケットだけだ。下着すらないため、いまはまだ人の姿に戻られるのは困る。

「このまま全裸でいるわけにもいかないしな」

「旭さんの家に取りに行ってきましょうか？　そんなに遠くはないですよね？」

都内で活動しているなら、家もこの付近のはずだ。外を出歩けない旭の代わりに着替えを取りに行くくらいはできる。

「電車だと乗り換えが面倒だが、そう時間はかからない。お願いしたいのはやまやまだが、部屋の鍵はなくしたカバンに入ってるんだ」

「マンションの管理人さんにお願いして開けてもらうのはどうですか？　代理の者が取りに行くと電話しておいてもらえれば入れてもらえると思うんですけど」

「その手があったな。……いや、やっぱりやめておこう。君にこれ以上迷惑をかけるわけにはいかない」

「お使いくらい何てことないですよ」

「カバンが誰に拾われているかわからないからな。面倒事に巻き込みたくないんだ」

奥歯に物が挟まったような物云いでピンと来た。

昨夜揉めた相手が旭の自宅の周辺に現れる可能性がないとは云いきれない。旭の自宅を深月が訪れることで目をつけられるのを危惧《きぐ》しているのかもしれない。

「それじゃあ、近くの古着屋さんで何着か買ってきます。センスは期待しないで下さいね」

「すまない、財布が戻ってくるまで立て替えておいてもらえるか？　何から何まで面倒をかけているな」

「困ったときはお互い様って云うじゃないですか。僕だって旭さんに助けてもらうことがあるかもしれませんし」

「危ない目に遭いそうなときは、真っ先に駆けつける」

「旭さんが来てくれるなら、どんな危機でも安心ですね」

「……だといいんだがな」

一瞬、旭の表情が曇った気がしたが、その違和感はぐきゅるるるるという派手な音に掻き消された。

「…………」

「……すまない、俺だ」

音の出所は旭のお腹《なか》のようだ。バツの悪い顔でクマが挙手している。大きな体を気まずげに小さくしているその様子も可愛くて、つい笑ってしまった。

「とりあえず、ご飯にしましょうか」

3

(……暑い……)

残暑も薄まり、過ごしやすい日も増えてきた。日中はともかく、明け方はだいぶ涼しくなってきたはずだが、今朝は暑苦しさに目が覚めてしまった。

「ぷはっ」

もふもふの毛並みの中からどうにか抜け出し、大きく息を吸う。いま抜け出してきたのは、クマになった旭の腕の中だ。

旭は気を抜くとすぐにクマになってしまうようで、朝、目を覚ますと大体この姿だ。傷はだいぶ治ったが、変化のコントロールはまだ不調のままで、いまのところ二対八の割合でクマの姿でいることが多い。

(僕は抱き枕じゃないんだけど……)

本人の意志とは裏腹に旭との奇妙な同居生活ももう四日目だ。自分の部屋に憧れていた人がいる生活や、ふとした弾みに彼がクマになってしまうことも当たり前になってきた。

ベッドが一つしかないため二人で寝ているのだが、人間二人のときはどうにかなってもクマと人間になるとぎゅうぎゅうだ。

どっちが床で寝るかという論争を繰り広げた結果、旭に押し切られてこういうことになってしまったわけだが、朝起きるとこうして抱き枕のように抱かれている。

最初のうちは動揺したものの、毎日のことで慣れてしまった。大きなぬいぐるみに抱かれているようなものだ。

暑苦しさに閉口するときもあるけれど、基本的には癒やされている。もふもふのクマがベッドで仰向けになり、胸を上下させて寝ている姿は微笑ましすぎた。

抱き枕にされること自体に然《さ》したる不満はないが、問題はむしろ人間の姿のときだ。

（クマの姿ならいいんだよ、クマなら……！）

深月を抱き枕にするのは人間のときもクマのときも変わらないため、人間のときの衝撃が大きすぎるのだ。人間に戻られると否応なく彼が憧れの『ＡＳＡＨＩ』であることを意識してしまう。

旭の顔も体も攻撃力が高い。この数日で、美形はそこにいるだけで威力があるということを思い知らされた。

目が覚めたとき、至近距離に旭の寝顔があったり、逞しい胸板があったりすると心臓が止まりそうになってしまうのだ。

しかも、眠っているときにクマになってしまうと、人間のときに着ていた服が体の大きさに耐えきれず破れてしまう。

毎日服をダメにするわけにもいかず、それを予防するには全裸でベッドに入ることになる。

どんなに暑くても布団を被ってもらっているのだが、寝返りを打たれると素肌が触れ、平常心ではいられなくなる。

旭は基本的に自分自身に関しては大雑把《おおざっぱ》で、シャワーのあとなども全裸でいることが多い。不意の変化で服を破かないようにするための習慣なのだろうが、一緒にいる深月は落ち着かない。

申し訳程度に腰にタオルを巻いてはいるけれど、正直云って目のやり場に困っている。逞しく引き締まった体はフェロモンがダダ漏《も》れだ。

困ってはいても、同性同士で裸にドキドキしてしまうと告げるのも憚《はばか》られ、さりげなく目を逸《そ》らすことしかできなかった。

気さくな性格でスキンシップが多いことも、否応なく意識してしまう一因かもしれない。

初めのうちは憧れの人だからという緊張感だったけれど、いまはそれ以上に意識してしまっていた。

「……旭さんがエロすぎるのが悪いんだ」

八つ当たりじみた呟きを零《こぼ》す。

悩ましい気持ちを持て余しているせいで、口を開けて気持ちよさそうに寝ている旭が少し憎らしくなる。

もっと自分の魅力に自覚を持ってもらいたい。フェロモンを自分では抑えきれないのだとしても、隠す努力をしてもらえないだろうか。

「……っうわ」

ため息をついていたら、背後から抱き寄せられ、布団の中へと引き摺り込まれてしまった。

　気がつけば、人間に戻っている。寝ぼけ眼《まなこ》を見る限り、意識ははっきりしていないようだ。

「旭さん!?　いきなり驚かせないで――」

　旭は深月を抱き竦《すく》めたまま、首筋に顔を埋め鼻を擦《こす》りつけてきた。本人の意識はクマのままなのだろうが、人の姿でやられると途端に刺激が強くなる。

　誰かと間違えているのだろうか。普段のスキンシップとは訳が違う。

「ちょ、旭さん、起きて下さい、あ」

　体を弄《いじ》られ、変な声が出た。寝ぼけている旭に他意はないとは云え、尻や腰を弄られるとイケない気持ちになってしまう。

　首筋や喉に触れる唇の感触は柔らかく、深月の背筋を甘く震えさせる。

（やばい、勃《た》ってきた）

　足を膝で割られ、股間に硬い太股が当たる。

「……っ」

　逃れようと体を引く度に抱き寄せられ、反応しかけていたそこが擦れてしまう。朝だというせいもあって、余計敏感になっている。

「や、あ……っ」

　我慢しきれずに一際高い声が出てしまった。

「……深月？」

深月の声で、旭はようやく目を覚ましたらしい。自分の腕の中で真っ赤になっている深月を不可解そうに見つめている。

顔が火を噴きそうに熱い。恥ずかしくて、穴を掘って埋まりたい気分だった。

「は、離して下さい」

上擦る声でようやくそう切り出すと、旭は自分が何をしでかしたか思い至ったようだった。

「すまん、寝ぼけてたみたいで――」

「いいんです、わかってます。あの、気にしなくていいですから！」

そう云いながらどうにかベッドを抜け出し、トイレへと駆け込む。深月の下着はべったりと不快に濡れていた。


キッチンからいい匂いが漂ってきている。

「弁当、玄関に置いておいたからな」

朝の一仕事を終えた旭が報告してくる。旭は意外に器用で、居候代の代わりにと食事などの身の回りの世話を焼いてくれているのだ。

そんなことしなくてもいい、と云っているのだが、手元に財布がなく食費すら払えないのだからこのくらいはさせてくれと押し切られてしまった。

近くの古着屋で深月が買い込んできたジーンズとTシャツの上にピンクのエプロンを身につけているのだが、妙に様になっている。

「気に入ってたみたいだから、きんぴらごぼうをまた入れておいた」

「本当ですか？　ありがとうございます！」

お礼を云いながら旭の顔を見ると、気まずげに視線を泳がせている。何度か躊躇《ためら》いを見せたあと、意を決した様子で切り出してきた。

「……あのさ、さっきはすまなかったな」

「い、いえ……」

寝ぼけてした行為について謝っているとわかり、こちらも赤くなってしまう。

「多分、夢と混同してたんだと思う。あんなことがないようにやっぱり俺は床で寝たほうが……」

「ほんと気にしないで下さい！　ビックリしましたけど、嫌じゃなかったので！」

「え？　嫌じゃなかったのか？」

「いや、あの、そういう意味じゃなくて……って、どういう意味なんだろ。とにかく、忘れてもらえると……っ」

無意識の発言に自分自身で驚いてしまう。

「そうだな、忘れよう」

「ですね」

互いに作り笑いをしながら、同意し合う。気まずいことは、なかったことにするのが一番いい。

「それじゃ、朝飯にするか。弁当とメニューが被ってるけど勘弁な」

折りたたみ式の小さなローテーブルを引っ張り出し、朝食の準備をするのが朝の日課になった。旭の作る料理は和食が多く、とくに朝は旅館のご飯のようだった。

今日もご飯に鮭《さけ》の塩焼き、だし巻き卵に味噌《みそ》汁という定番メニューだ。

「いただきます」

手を合わせてから箸《はし》を取る。

「鮭の塩焼きも焼き加減ばっちりですね。旭さんは朝は和食派なんですか？」

「白い飯じゃないと朝食った気がしなくてな。食費を嵩ませてすまない。落ち着いたら、ちゃんと返すからな」

「いえ、僕のほうこそご飯作ってもらって助かってます。旭さん、やりくり上手いし」

困らない程度に自炊はできるけれど、一人ぶんの食事を毎日作るというのは意外に手間も予算もかかる。

食材を買ってきても使い切れずに腐らせてしまうこともあり、最近は米だけ炊いてスーパーで買ってきた惣菜《そうざい》と食べるという生活になっていた。

「どうだ？　美味《うま》いか？」

旭は深月が食事をしているだけで嬉しそうな顔になる。

（か、可愛い……）

今朝も耳と尻尾が出ているが、本人が気にしているため見ないふりをしておいた。

昨夜も放送していた感動ものの映画を二人で見ていたら、鼻を啜《すす》って涙ぐみながら耳が出ていた。

耳の動きが気になって映画に集中できず、感想を求められて困ってしまった。

「どうした、深月」

「あ、卵焼き美味しいなって思って」

気遣わしげな顔をされ、慌てて取《と》り繕《つくろ》う。耳に気を取られてぼうっとしていたなどとは云いづらい。

「何だか旭さんの作る卵焼きは、母の卵焼きに似てる気がします」

「お母さんの？」

「母は料理研究家だったんですよ。僕が生まれる前は小鳥遊みゆきって名前で本を出してたみたいです」

病気がちな深月が生まれてから、かかりきりになってしまったようだが、以前は教室も開いていたらしい。

「へえ、プロの味に似てるなんて光栄だな」

「小さいときの記憶だから、気のせいかもしれないんですけど……」

「レシピは違うかもしれないが、隠し味は同じだろうからな」

「隠し味？」

ウチには特別な調味料などはない。隠し味になるような食材はあっただろうか。

「愛情」

「……っ」

旭のウインクに、心臓を撃ち抜かれる。気障《きざ》な仕草なのに、旭がやると様になるところがすごい。

「お母さんほど美味いものは作れないと思うが、何か食べたいものがあるならリクエストしてくれ。和食じゃなくてもいいぞ」

作ってもらっているだけで充分ありがたいのにリクエストなんておこがましい。そんなふうに思ったけれど、ふとあるメニューが脳裏に浮かんだ。

「……ラザニアって作れますか？」

「作ったことないけど、レシピを見れば作れると思う。ラザニア好きなのか？」

「あ、でも、どうしてもってわけじゃないですから！　母が特別な日に作ってくれたことを思い出しただけで……」

「特別な日？」

「誕生日とか注射の日とか」

注射はいまでも大嫌いだ。我慢はできるけれど、悲しい気持ちを思い出してしまう。

「なるほど、頑張ったご褒美だったんだな」

「そうなんです。ていうか旭さん、本当に料理上手いですよね。どこかで習ったんですか？」

むしろ、得意というレベルどころか玄人はだしだ。ろくな調味料のない深月の台所で、見事な手際で何品も作り上げてしまう。

「実家の家業が――じゃない、組織を抜け出してから食ってくために旅館で働いてたんだ。そのときに見様見真似《まね》で作れるようになった」

「え、本当に旅館の朝ご飯だったんですか！　旭さん、プロだったんですね」

「プロというほどじゃない。遜色なく作れるのは慣れた料理だけだ」

「いままで大変だったんですね……」

「まあ、それなりにな。けど、何だってなるようになるもんだ」

旭の人好きする性格なら、どんなところでもやっていけるとは思うが、正体を隠し、秘密を抱えて一人で生きていくには苦労もあっただろう。察するに余りある。

「……僕、旭さんに出逢えてよかったです」

「え？」

「あの夜に怪我をした旭さんを見つけたのが他の人だったら、どうなってたかわからないじゃないですか。旭さんが嫌な目に遭ってたかもしれないって考えたら……。僕、旭さんを守るためなら何だってします！」

万が一を想像しただけで怖くなる。深月では至らない面も多々あるとは思うが、それでもできることはあるはずだ。

旭は呆気にとられた様子でしばらく口をぽかんと開けていたが、じわじわと頬を赤くしていった。

「――朝からそんな熱烈な言葉を聞くなんて思わなかったな」

「へ？」

「俺を守るためなら何だってする、なんて口説《くど》き文句そのものじゃないか」

「く、口説き文句ってそんなつもりは……！」

飽くまで本心を云ったまでだ。旭の気持ちに作用するなんて、微塵《みじん》も考えもしなかった。

「無自覚なのか？　余計に怖いな」

「旭さん！」

表情で揶揄《からか》われているとわかり、抗議の意味で名前を呼ぶと旭は声を立てて笑った。

「ごめんごめん。この卵焼きで許してくれ」

そう云って、旭は出汁《だし》巻き卵を一切れ深月の皿に移してくる。どうやら賄賂《わいろ》のつもりらしい。

「ありがとうございます。でも、充分食べてますから」

「そうか？　深月は細すぎる。もっと食べて肉をつけたほうがいい」

「太らない体質なんですよ。昔は病弱でしたけど、小学校に上がってからは風邪一つ引かなくなりました」

物心ついたときには酷《ひど》い喘息《ぜんそく》持ちで日常生活を送るのも一苦労だったが、あの事故以降すっかり健康になった。

成長して体が丈夫になったのだろうと主治医は云っていたけれど、もっと早く健康になれていたら——。

「そうか、それならよかった。元気なのが一番だ」

「ですよね。……旭さん？」

旭は時折こうして深月に慈《いつく》しむような眼差しを向けてくる。多分、年下の深月を弟のように心配してくれているのだろう。

「旭さんて、本当に長男気質なんですね」

「そうか？」

包容力があり、面倒見のいい旭は誰からも慕われているに違いない。

「兄がいたらこんな感じなのかな。……僕にも兄弟みたいな人たちはいたんですけどね」

「兄弟みたい？」

「両親が亡くなったあとに引き取られた先に歳《とし》の近い子たちがいたんですけど、あんまり仲よくはなれなくて」

祖父母が体調を崩して児童養護施設に戻ったあと、深月の引き取り手はなかなか現れなかった。小学校に上がる頃、ようやく埼玉の親戚の家に世話になることが決まった。

彼らの家には深月と同世代の子供がいたのだが、兄弟ができるのだと喜べたのは実際に引き取られるまでの数週間だけだった。

「深月はいい子じゃないか。仲よくなれなかったって、どうしてだ？」

深月を不憫《ふびん》に思ったのか、心なしかクマの耳がしょんぼりとしている。

「僕、子供らしくなかったんだと思います」

辛い、寂しいと泣けばよかったのかもしれない。だけど、一人生き残ってしまった罪悪感は拭えず、年相応に無邪気になどなれなかった。

自分の立場を考えたら、子供ながらに気を遣わずにはいられなかったのだ。

同じ屋根の下で心を開けない相手と一緒に暮らすことは、一人でいる以上に孤独だった。迷惑をかけないよう、家の手伝いや勉強を頑張れば頑張るほど彼らには疎まれた。

「でも、中学からは全寮制の学校に行ったので、友達がたくさんできて楽しかったです」

小学生の高学年になった頃、全寮制の学校を受験することを勧めてきたのはその親戚だ。

養育費は両親の遺産でまかなわれていたようだったけれど、親戚とは云えほぼ他人の子供を育てることは大きな負担だったのだろう。

息苦しさを感じていた深月は、二つ返事でその提案に飛びついた。

引き取られてからの六年間はずっと肩身の狭い日々だったけれど、無事合格して入った中高一貫の男子校での寮生活は、それまでの生活と比べたら賑《にぎ》やかで楽しかった。

ただ、長期休暇中に帰る場所がないことだけは辛かった。一人寮に残り、黙々と勉強していると世界にたった一人だけになったような気分だった。

「大学に入ってからは、このアパートで暮らしてます。一人は気楽でいいですけど、寮母さんのご飯が恋しくなるときもありますね」

家賃もそこそこ、駅にも大学にもほどほどの距離なところは気に入っている。

一人には慣れている。だけど、慣れたからといって一人が好きなわけではない。

だから、こうして同じ部屋に誰かの気配を感じ、些細《ささい》なことで言葉を交わせることに幸せを感じてしまうのだ。

「旭さんと一緒にご飯食べられるのは嬉しいです。誰かがいる生活っていいですね」

「そうだな、とくに飯は誰かと食うほうが美味い」

旭との生活は、自分のために作ってもらった食事の美味しさを噛《か》みしめる日々だ。ほのぼのとした空気が流れていたけれど、急に旭の顔がはっとなった。

「ゆっくり食事を楽しみたいところだが、そろそろ急いだほうがいいんじゃないか？」

「あっ、本当だ！」

時計を見ると、家を出なければならない時間が迫っていた。朝はとくに時間があっという間に経ってしまう。急いで残りの食事を食べ、出かける支度のペースを上げた。

「そうだ！　ゴミ出しもしなきゃ」

「あとで俺がやっとくから置いてけ」

「いえ、僕が持っていきます」

「ゴミ捨て場に行くくらい大丈夫だろ」

「でも、旭さん……また耳が出てますし……」

「！」

深月の指摘に気まずげな顔で頭を押さえる。実はさっきから出っぱなしだったのだが、ぴこぴこと動く耳が可愛くて云いそびれていたのだ。

「くそ、まだ不安定みたいだな」

「体力の回復が追いついてないんじゃないですか？」

見た目は元気になったとしても、肉体的なダメージはあるはずだ。

自律神経との関係があると云っていたけれど、元通りになるには少し時間がかかるのではないだろうか。

「昔はあのくらいの怪我でへばったりしなかったぞ……って、もう若くないってことか？」

「いえ、旭さんが若くないと云いたかったわけでは……！」

ショックを受けている様子の旭に狼狽《うろた》える。無神経に失礼なことを云ってしまったかもしれない。

「冗談だよ。十代の頃に比べたら体力も落ちるよな。くそ、なかなか引っ込まないな」

旭は耳を揉んだり押さえたりしているけれど、簡単には隠せないようだ。

「外はまずいでしょうけど、僕の前では気にしなくていいですよ」

可愛いから、という本音は口にしないでおいた。むしろ、クマの姿でいてくれたほうが、下手にドギマギせずにすむ。

「ありがとな。けど、キッチンでは気をつけるよ。ドアが通りづらくなるからな。これ以上服を破くわけにもいかないし」

クマの姿になると横向きにならなければドアを通り抜けることができないし、バスルームに行くこともできない。

「しかし、すぐそこのコンビニにも行けないのは不便だな」

「もう少し体を休めておけば、きっと元に戻りますよ。いまは安静にしていて下さい」

「そうだな。いまは大人しくしておくか」

「それじゃ、行ってきます」

「気をつけてな」

旭に見送られ、アパートの階段を駆け下りる。

（帰りに帽子を探してこよう。耳が隠せれば、ちょっとくらいは出られるようになるだろうし）

心配ではあるけれど、出かけたいと思う旭の気持ちも理解できる。あんな狭いアパートの一室に籠《こ》もっていたら暇で仕方ないだろう。

硬めのキャップに押し込むか、大きめのニット帽を被《かぶ》るかすれば耳は隠せるはずだ。尻尾はジャケットを腰に巻いておけばどうにかごまかせるのではないだろうか。

完全にクマの姿に変化しそうになったら、走って帰ればぎりぎり間に合う距離だ。

「クマの姿で帽子被ったら可愛いだろうな」

妄想に口元を緩ませながら、大学へと急ぐのだった。

4

「これでよし、と……」

深月は書き上げたレポートを教授のメールアドレスに送信し、一息ついた。締め切りまでまだ一週間あるけれど、期限のあるものは早めに提出しておきたい質《たち》なのだ。

深月の通う大学にある図書館は三階建てで、とくに専門書が充実している。締め切り前になるとレポートに必要な資料が借りられないこともあるため、早めにすませておくと慌てずにすむというわけだ。

パソコンの数も充実していて、個人で所有していない学生にとってはありがたい環境だった。手持ちのスマホでもレポートは書けなくはないけれど、最終的にまとめるときはやはりパソコンのほうがいい。

深月はパソコンからログアウトし、次の講義に行くために荷物を整理する。しかし、まだ少し時間がある。教室の前で時間を潰すのも退屈だ。

（そうだ、ネットなら何か情報があるかも）

深月はカバンを椅子《いす》にかけ直し、再びパソコンにログインした。

旭のことについて、何かわかることはないだろうかと思ったのだ。

実際に変化したところを目にしているため、ただの人間でないことは確かだが、かといって改造人間などという説明もさすがに信じがたい。旭の説明について一旦黙って聞きはしたものの、深月にも人並みの好奇心はある。

（旭さんの話はどう考えても嘘っぽいし……）

知られたくないことがあるのだろうが、いかにも出任せという内容だ。何かわかっても口外するつもりはない。こっそり調べるくらいは許されるだろう。

ここにはいない旭に心の中で云い訳をしながらインターネットブラウザを立ち上げ、検索エンジンの窓に『新種』『熊』『人間』と打ち込んでみた。

「……何も出てこないな」

関連のありそうな検索結果は見つからない。そこでキーワードを変えてみることにした。『赤』『熊』『変化』などと書き変えて再度検索してみる。すると、人魚や河童などの地方の民話や伝承などを集めたページが引っかかった。

関係があるかどうかわからないが、目を通してみることにした。

個人が趣味で作っているホームページのようで、古い絵巻に描かれていたという妖怪の絵がトップ画面に出てくる。

下にスクロールしていくと、それぞれの伝説ごとに目次があった。その中の『熊人《くまびと》』という項目をクリックしてみる。

（何だよ、熊人って……）

まるで妖怪の一種のような表現に思わず眉根が寄る。このページに書かれた説明によれば、それはN県の一部地域に伝わる伝承らしい。

深月は幼い頃、N県で暮らしていたことがある。当時の記憶はあまり残っていないけれど、山林の雰囲気くらいは思い浮かべることができた。

『とある山の麓《ふもと》に、〝熊人〟と呼ばれる獣人の一族の集落があった。彼らは赤毛で長身、男は筋骨隆々としていて、女は見目麗しい者ばかり。不老長寿で、何年も若々しい姿を保っていた。

里の村人とも交流があり、山で採れた山菜や木の実、獣の肉などと米を交換して慎ましく暮らしていた』

熊人、という聞き慣れない単語を口の中で呟いてみる。赤毛で長身というところは旭と共通している。さらに読み進めると、不穏な内容が書かれていた。

『悪天候のため何年も飢饉《ききん》が続いたことがあった。そんなときでも熊人たちは痩《や》せ細ることも、病に倒れることもなかった。

あるとき、旅の山伏に人間の姿に化ける赤い熊の肝は万病に効く薬だと教えられた村人たちは、熊人の集落を襲うことにした。

彼らの血肉のお陰で村人たちはその年を越すことができたが、それを境に熊人たちの姿を見なくなったため、絶滅したと思われる。

その翌年、飢饉が嘘だったかのような豊作に恵まれたが、村では病が流行《はや》り、子供が生まれなくなった。熊人の祟《たた》りだと恐れた村人が建てた熊地蔵がその山の麓に残っている』

　これは地元のお年寄りから聞き取りをした昔話らしい。最後に荒い画像の写真が載せられていた。朽ちてはいるけれど、確かにクマのような愛嬌《あいきょう》のある顔をしたお地蔵様だった。

　このお地蔵様は可愛いらしいけれど、伝説自体はもの悲しい。犠牲になった人のことを考えると、やりきれない思いに駆られる。

　さらにスクロールしていくと、ホームページの管理人によるこの民話の解釈が添えられていることに気がついた。

　よその土地から流れてきて定住した一族が、地元の人間よりも大柄で秀麗な顔立ちだったために熊人間と云われ差別されていたのではないか。

　飢饉のときでも飢えている様子がなかったのは食料の保存方法を知っていたからで、姿を消したのは地元の村人に襲われて蓄えを全て奪われ、逃げるしかなかったからだろう――そう推察していた。

　普通ならクマが人間に変身するなんて夢物語としか思えない。管理人の解釈のほうが、妥当なところだろう。

　だけど、どんなに非現実的だとしても、深月は旭がクマに変化することを知っている。そのことが余計に深月を混乱させた。

（もしかして、旭さんはこの一族と関係があるんじゃ……？）

人体実験の末に現代に生まれた突然変異と云われるよりは、まだ納得がいく。こうした一族の末裔《まつえい》が、どこかでひっそりと生《い》き存《ながら》えていたとしたら――。

（……って、僕の想像もかなりファンタジーだな）

真実は旭本人にしかわからない。どちらにしろ、人間に狙われかねない希少な人種であり、気安く口にできるものではないことだけは確かだ。

「………」

複雑な気持ちを飲み込むと、深月は検索履歴を消して、再びパソコンからログアウトした。


「いただきます」

午前の講義を終えた深月は学食の外のテラス席で、弁当を前に手を合わせる。

今日のメニューは卵焼きときんぴらごぼうに鮭の塩焼きだ。朝食のメニューと似通っているのは仕方ない。

「こんなところにいたのか、小鳥遊！　探したんだぞ」

「中川《なかがわ》。そんなに慌ててどうしたんだ？」

講義の合間に弁当を食べていると、友人の中川に声をかけられた。今日の彼は午後の講義だけのはずだ。

「聞いてくれよ！　週末大変だったんだ」

「何があったんだよ？」

彼は疲れた様子で深月の前の椅子にどかりと座り、堰《せき》を切ったように話し始めた。

「開店前の〈レイジー〉に来て『ＡＳＡＨＩを出せ！』って怒鳴り込んできたやつがいたんだよ！　多分、ＡＳＡＨＩさんの熱狂的なファンだと思うんだけどさ、まるで借金取りみたいなすごい剣幕でマジびびった」

「熱狂的なファン？」

旭とベッドでのポジションを試行錯誤しているとき、〈レイジー〉でそんなことがあったなんて想像もしていなかった。

「だ、大丈夫だったの？」

「まあ、何とかな。今日はＡＳＡＨＩさんが出る日じゃないって云っても、隠してるんだろうってしつこくて。まあ、いたとしてもあんな客に会わせるわけにはいかないから裏から逃がすだろうけど」

興奮気味に話す様子に、どれだけ非常事態だったかが伝わってくる。

「それでどうしたんだ？」

「繰り返し説明するしかないだろ。次の出演予定も決まってないし、ＡＳＡＨＩさんはウチの店専属ってわけじゃないんだって店長が話したんだけど、なかなか納得してくれなくて大変だった。そいつ、俺と身長はそう変わらないんだけど、胸ぐら摑まれたときやけに力が強くて参ったよ」

「怪我がなくてよかったよ。でも、帰ってくれてよかったな」

「土曜はな。実は昨日も来た」

「昨日も!?」

「最初と違って、大人しくカクテルを飲んでるだけだったからこっちも文句云えなくてさ。荒っぽいこともされたけど、この間は悪かったって云われたら追い出すわけにもいかないだろ？」

「あー……そうだね……」

　客商売である以上、事を荒立てないのが得策だ。

　迷惑な客に対して腫れ物に触るように接するしかないジレンマは深月にもよくわかる。

「つーかさ、いくらこっちが信用できないからって見張りに来なくてもいいよな。あれはファンっていうよりストーカーか？　ＡＳＡＨＩさんと連絡取れないけど、いまはそのほうがいいのかもな」

「ストーカー……」

　彼が怪我をしたのは、出演するはずだった金曜日の夜だ。

（もしかして、旭さんがケンカした相手ってその人なんじゃ……？）

『人造人間』の話が真実だとは思えないけれど、旭がクマに変化することは疑いようのない事実だ。

ケンカ相手が旭の正体を知っていて追ってきている可能性は考えられる。

（……そういえば）

ふと、さっき検索して目にした〝熊人〟の伝説を思い出した。

「ねえ、そのお客さんってどんな人？」

「これがけっこうな美形なんだよ。目つきは悪いんだけど、黙ってるとすげー綺麗な顔でさ。ああそうそう、ＡＳＡＨＩさんと同じような赤い髪してるんだ。同じ色に染めるなんて筋金入りのガチファンだよな」

「――赤い髪？」

　旭と同じような赤い髪、という特徴がとくに気にかかる。組織の人体実験にしろ、特殊な性質の一族にしろ、旭と同じような体質の人間が他にいてもおかしくはない。

（とりあえず、〈レイジー〉にはしばらく行かないほうがいいって云っておかないと……）

　長時間の外出ができないいま、あそこにふらりと立ち寄ることはないとしても情報は耳に入れておかなければ。絶対に旭を危険な目に遭わせたくはない。

（それにしても、旭さんがウチにいるって知ったら驚くだろうな……中川には内緒にしておこう）

　いま彼にそれを教えたら、混乱させることになりかねない。

「ＡＳＡＨＩさんのファンって盲目的なタイプが多いけど、本人と音のギャップのせいもあるのかも。私だけはわかるって思いたくなるっていうか……あ、小鳥遊がそうだって云ってるわけじゃないからな」

　失言だと思ったのか、中川はすぐに取り繕った。

「フォローありがと。でも、自分でも否定はできないかな」

深月が笑うと、中川はほっとした顔をした。

「まあ、まだしばらく現れそうだし、小鳥遊はウチの店には近づかないほうがいいだろうな。お前、ああいう手合いに絡まれやすい顔してるし」

「う、うん、わかった」

絡まれやすい顔とはどんなだろうと思いつつも、中川が心配してくれていることはわかる。深月は素直に頷いておいた。

「そういや、この間は残念だったな」

「この間って何のこと？」

「だから、ＡＳＡＨＩさんだよ」

「え!?」

たったいま旭のことを内緒にしておこうと思った矢先だったため、中川に切り出された話の内容に心臓が飛び出そうになってしまった。

「店長から聞いた。閉店まで待っても来なかったんだろ？　バイト休んでまでして聴きに来たのにな。店長、申し訳なさそうにしてたよ」

「あ、ああ、そのことか……。あの日は本当に残念だったよ」

過剰な反応をしてしまったことを、作り笑いでごまかす。

「ＡＳＡＨＩさんの次の予定が決まったら教えてもらうようにするな」

「う、うん、ありがとう。楽しみにしてる」

本当のことを云えない以上、そう返事するしかなかった。

（このお弁当を作ってくれたのが旭さんだって云ったらびっくりするだろうな……）

深月にとっても、家に帰ると旭が出迎えてくれる現状は夢のようだ。

「次は俺もシフト入ってなくても聴きに行こ。けど、勿体《もったい》ねーよな。人気があるのに表に出るのはあんまり好きじゃないって。ステージに立つのはウチみたいな小さいとこばっかりで、ソロライブの誘いも断ったみたいだし」

「あんまり目立ちたくないとか？」

有名になればなるほど、正体がバレたときの危険性が増す。本来ならひっそりと暮らしているほうが、平穏に生きていけるはずだ。

「それはないだろ。路上ライブはちょくちょくやってるのにさ」

「えっ、いまでも路上ライブなんかやってるんだ！」

旭が来なかったあの日も熱心なファンが何人も〈レイジー〉に来ていた。もっと露出をすれば、確実に人気が上がるだろう。

「たまに予告なしで駅前で弾いてるらしい。何でも、聴いてもらいたい相手がいるんだってさ」

「え？」

聴いてもらいたい相手——中川の言葉に、深月の心臓は大きく跳ねる。

「……その人は店には聴きに来てくれないってこと？」

「いや、相手はＡＳＡＨＩさんのこと知らないっぽい。駅前ならその人が通りかかるかもって」

「え、それってどういうこと？」

「俺もよくわかんねーよ。でも、本人がそう云ってたんだってさ。直《じか》に聞けたらよかったんだけど、ＡＳＡＨＩさんって孤高じゃん？　何となく気安く話しかけられる雰囲気じゃないだろ。黙ってるとめっちゃ怖いし、強そうだし」

「……確かに」

見た目は確かに怖いかもしれない。日本人離れした体格のよさに、怖いくらいに整った顔立ち。吊《つ》り上がった目元に鋭い眼光。その上、赤い髪ときたら近寄りがたくて当然だ。

だけど、実際の旭は怖いところなど微塵もなく、むしろ可愛いとさえ思ってしまう。深月も実際に話してみて、印象がガラリと変わった。

気さくで人懐こくて世話焼きだと、あの見た目から想像できる人は少ないだろう。

「あー、小鳥遊に話したらすっきりした。俺も昼飯買ってこよ」

「荷物見てるから行っておいでよ」

中川を笑顔で見送った深月は、一人になりため息を吐く。

旭の奏でる誰かを乞うような音色が実際に特定の相手へと向けられていたと知り、深月は我知らずショックを受けていた。

旭がそこまでして聴かせたい人とは、どんな人物なのだろう。性別すらわからないその人に、嫉妬《しっと》めいた気持ちを抱いてしまう。

（何なんだ、この気持ち）

ざらざらとした感情の原因がわからず困惑する。旭がギターを誰に聴かせようと、深月には何の関係もない。だが、その事実が醜い感情を誘発する。

（——そういえば、旭さんはいつまでウチにいてくれるんだろう？）

体が回復して、変化のコントロールができるようになったら出ていってしまう。

旭に家にいてもらっているのは純粋な厚意からだったはずだ。なのに、いまはもっと一緒にいたいと自分勝手な気持ちを抱いている。

「——」

我《わ》が儘《まま》な願いを抱く自分にため息をついた。

5

「ドライヤー、熱くないですか？」

「ああ、気持ちいいよ」

バスタオルを敷いた上に座ってもらい、大きなクマの背中や頭を拭いていると、絵本の中の登場人物になったような気分になる。

今日はシャワーを浴びているうちに旭がクマになってしまったため、体を拭くのを手伝っている。この体では背中に手が届かないのだ。

（広い背中だなあ……）

無性に抱きつきたい衝動に駆られる。毎朝抱き枕にされているのは複雑な気分ではあるが、この毛皮の温《ぬく》もりに何とも云えない安心感があることも事実だ。

この不思議で穏やかな日々がいつまでも続いて欲しい。だけど、それが叶《かな》うことのない淡い夢だということはわかっている。

一分、一秒でも長くこうしていたいという気持ちを振り払い、決意を新たにした。

（——旭さんに話をしなきゃ）

昼間、中川から聞いた話を告げなければならない。深月は静かに切り出した。

「……あの、旭さん。話しておかないといけないことがあるんです」

「どうした？」

ドライヤーの心地よさにうとうとと船を漕《こ》ぎかけていた旭がこちらに顔を向ける。

「今日、〈レイジー〉で働いてる友達から聞いたんですけど、先週の土曜、店に旭さんを探しにきた男がいたようなんです」

「俺を？」

深月の報告に、旭の声音《こわね》が硬くなった。トロンとしていた瞳にも鋭さが戻っている。

「はい。最初はどこに隠したって大騒ぎしたみたいです。昨日もバーに来たみたいで……その人、旭さんと同じような赤い髪をしているそうです」

中川から聞いた話を伝えると、顔がどんどん険《けわ》しくなっていった。旭はクマのときも表情豊かだ。

「――――」

「心当たりはありますか？」

「まあ、な……」

旭は顎に手を当て、考え込んでしまった。彼の脳裏には特定の人物が思い浮かんでいるのかもしれない。

「あの、もしかして、ケンカの相手ってその人ですか？」

深月はドライヤーを止めて、重ねて問う。旭は長い沈黙のあと、意を決したかのように認めた。

「……そうだ」

どんな関係かはわからないが、少なからず因縁《いんねん》があるようだ。

「その人と何があったか聞いてもいいですか……？」

「まあ、何というか行き違いみたいなものかな」

「行き違いでどうやったらあんな怪我するんですか！」

小さく肩を竦める旭に思わず声を荒らげてしまう。あの出血を見たときは、深月の血の気も引いていったくらいだ。

「云ったろ？　俺たちのケンカはちょっと激しいって」

「ちょっとじゃすまないですよ」

「本当にただの身内の揉めごとなんだ。心配するほどのことじゃない」

「身内？」

問い返すと、旭は失言したことに気づいた様子で動揺を見せた。俺たちという表現をしたときから、何かが引っかかっていたのだ。

「あ、いや、身内って云っても、顔見知りって意味で親戚とかそういうことじゃないんだ」

どうにかしてごまかそうとしているのが見て取れる。つまり、どうしても隠したい事柄があるということだ。

（旭さんも嘘が下手だな……）

このまま欺《だま》されたふりを続けるのも難しいし、隠しごとをするのも苦手だ。深月は旭の正面に居住まいを正して座った。

「……ごめんなさい、先に謝っておきます。勝手なことをしてすみませんでした」

「何のことだ？」

「実は旭さんの他に同じような体質の人がいないかインターネットで調べてみたんです」

「――――」

深月の告白に、旭は小さく息を呑んだ。視線を合わせる勇気までは持てず、俯《うつむ》きながら話を続ける。

「これといった情報はありませんでしたが、一つだけ気になる話が見つかりました。熊の姿になる一族がいたっていう地方の昔話です。もしかして、旭さんのルーツと関係あるんじゃないですか？」

はっきり云って、昔話を根拠にするなんて突拍子もない。深月だって、旭の体質のことを知らなければただのお伽噺《とぎばなし》だと思っただろう。

押し黙ったままの旭の反応が気になり、深月はおずおずと顔を上げた。いままでになく神妙な面持ちで、考え込んでいるようだった。

「――深月。いまから話すことは誰にも云わないと約束できるか？」

そう念を押す旭のただならぬ様子に、深月は背筋を伸ばした。

「も、もちろんです」

「深月の云うとおり、俺は遠い昔に熊人と呼ばれた種族の末裔だ。正確に云うと俺たちは〝赤熊族《しゃぐまぞく》〟

という」

「……！」

予測していたことでも、旭の口ではっきりと認められると衝撃が大きかった。あの昔話は本当にあったことに準《なぞら》えて伝えられていたのだ。

「人体実験で生み出されたなんてのは大嘘だ。人間と同じように、大昔から存在している。その昔話には何て書いてあった？」

「人と交流して暮らしていたけど、飢饉の年に人間たちに襲われていなくなったって……」

「俺たちが伝え聞いている話とほぼ一緒だな。だが、人間に襲われたが絶滅はしていない。先祖が逃げ延びてくれたお陰で、こうして俺がここにいる」

「だから、本当のことが云えなかったんですね……」

旭が嘘を吐いた理由を知り胸が痛む。

大昔のこととは云え、人間に一族を滅ぼされかけたことを考えたら、おいそれと一族のことを話せるはずがない。人体実験の突然変異などと説明していたのは、自分以外の仲間に害が及ばないようにするためだろう。

「そんな大事なことを僕に話してしまってよかったんですか……？」

旭にとって、隠しておきたいことなのだろうとは思っていた。熊人の昔話を読んで、苦労したのだろうとも思っていたけれど、どれも他人事でしか捉《とら》えられていなかったと反省した。

熊に変化できる秘密がバレたことで、旭は相当焦ったに違いない。深月でなかったら、あの場でパニックになって大騒ぎをしていたかもしれない。そうなったら、命の危険すらあっただろう。

「深月だから、話そうと思ったんだ」

「僕だから？」

「赤熊族には、神話の時代に恋に落ちた人間とクマが結ばれて生まれた一族だという云い伝えがある。本来は人とは共存して生きていたんだ。疑ってばかりじゃなくて、たまには信じてみてもいいだろう？」

「旭さん――」

自分だけでなく、一族の命運を握る秘密を話してもいいと思えるほど信頼してくれたことに胸が熱くなる。

「絶対に誰にも話したりしないって約束します。僕にできることがあったら何でも云ってください」

「そんなに気負わなくていい。正体さえバレなければ、普通に暮らしていける。深月だってこの姿を目にするまで、俺が普通の人間じゃないなんて考えもしなかっただろ？」

「想像もしてませんでした」

「迫害され、山奥に逃げてからは皆で助け合い、自給自足で生き延びてきたらしい。いまは五十人ほどだ。子供たちは麓の学校に通ってるし、家を離れて大学に行ってるやつもいる」

「えっ、そんなことして大丈夫なんですか!?」

正体を隠さなければならない人たちが、普通の学校に通っているなんて意外だった。

「堂々としてたほうが怪しまれないもんなんだよ。正体を吹聴することはないし、人前で変化することもないからな。俺たち一族は、この秘密のお陰で結束は固いんだ。大っぴらにはできないけど、俺は赤熊族に生まれてよかったと思ってるよ」

旭はそう云って胸を張る。変化できる血筋が、彼にとって誇りなのだ。

「だったら、何で身内の人に追われてるんですか？」

ふと、先程の旭の言葉を思い出す。お互い助け合っていかなければならない間柄ではないのだろうか。

「このとおり特殊な一族だから、跡継ぎ問題ってものがあるんだ」

旭は深月の疑問に嘆息し、疲れた様子で事情を話し始めた。

「跡継ぎ、ですか？」

「俺たちにはこの変化の力を受け継いでいく義務がある。ただ、いまは完全に変化できる者のほうが少なくなったんだ。代を重ねることで、少しずつ力が薄れてきているんだろうな。現代まで生き延びた一族を滅ぼすわけにはいかないだろ。そのために代々、変化できる能力の高い者が当主に選ばれることになってるんだ。それは〝家〟の序列よりも優先される」

「当主、ですか」

人間なら『家』を存続させるために養子を取ることもできるけれど、クマに変化できる力を残すためには赤熊族の中から子供が生まれなければ意味がない。

「俺の世代では数人候補がいる。正式ではないが、本家の長男ってことで俺が第一候補なんだ。俺は当主って柄じゃないんだけどな」

苦虫を噛み潰したような顔で後頭部を掻いている。

他の候補がどんなタイプなのかはわからないが、旭は人をまとめる仕事は向いているように思う。ほんの少し接しただけでカリスマ性や人好きする大らかさを感じる。

「それでどうして身内の方と揉めることに……？　跡目争いですか？」

「その逆だ。俺がなかなか跡を継ごうとしないのが気に食わないんだよ。あいつは俺を一日でも早く当主にすることが自分の使命だと思ってるようだからな」

「つまり、旭さんを当主にするために追い回してるってことですか？」

「ああ。そいつは俺の従弟なんだが、兄弟みたいに育った仲で俺のことを昔から慕ってくれてるんだ。そのことはありがたいんだが、頭が硬い上に思い込みが激しくて困っててな。俺ならこう行動すべきだとか、こういう発言はすべきではないとか口うるさくて敵《かな》わない」

「なるほど……」

従弟の気持ちは理解できなくもない。

旭のように一瞬で人を虜《とりこ》にするようなカリスマ性の持ち主に、自分たちのトップに立ってもらいたいと切望しているのだろう。

そして、トップに立つなら最適なレールの上を歩んでいく義務を果たすべきだと思い込んでいるに違いない。

「跡継ぎを作るには適齢期ってものがあるだろう？　俺ももう二十九だからな。一刻も早く結婚して山ほど子供を作れと云われてる」

　旭の従弟の求めている将来は、尊敬する兄貴分が当主になり、たくさんの子宝に恵まれて一族が再び繁栄する――そんな子供の頃の夢なのかもしれない。

「あいつにだけは見つからないように気をつけてたんだが、演奏してる様子を動画に撮ってＳＮＳに上げた客がいたみたいで居場所がバレた」

「だから、バーに来られなかったんですね……」

「この間はとうとう店に行く前に捕まってな。人《ひと》気《け》のない公園で話し合ってたんだが、あいつも変化できる一人だからお互いにヒートアップしすぎてあんなことに」

　旭は笑いながら、小さく肩を竦めてみせる。確かに激しすぎる兄弟ゲンカだ。すぐに治るからといってあんな大怪我をするようなケンカになるのはどうかと思う。

「笑いごとじゃないです！　もしかして、彼も怪我をしてるんですか？」

「まあ、一応は反撃したしな。俺ほどではなかっただろうが、あいつもしばらくは身を隠す必要があったかもな」

　旭のクマの変化率を考えると、同じような体質なら無闇に街中を歩き回るのは危険だろう。いつ何時、クマの片鱗《へんりん》が出てしまうかわからない。

「彼との間を取り持ってくれる人はいないんですか？」

「あそこまで周りが見えてない状態だと難しいな。実家に連絡を取って相談してるんだが、向こうでもあいつの消息が摑めてないらしくてな。あいつのことを考えると頭が痛い。早く冷静になって欲しいよ。あの調子じゃ話し合いすらままならない」

　彼が抱いている理想は間違っているとは云い切れない。一族にとっては、旭が当主になり同族の女性を娶《めと》ることが最善の方法なのだろう。

　だが、そこに旭の意志や幸せは反映されていない。旭に求められているのは滅私奉公だ。自分の望む将来のために他人に人生を捧げろというのは、正論だとしても傲慢《ごうまん》すぎる。

「彼は旭さんをどうするつもりなんでしょうか？　無理やり連れ帰ったとしても、旭さんが相続や結婚を拒否したら、彼の思いどおりにはならないじゃないですか」

「俺を連れ帰れば、諦めて覚悟を決めると思ってるんじゃないか？」

　なんだかんだ云って、旭は優しい。他に選択肢のない状況になれば、それを受け入れてしまう可能性が高い。

　長いつき合いの従弟だからこそ、旭のそんな性格を見抜いているのだろう。

「それに、まずいものを持ち出してる可能性があるんだよな」

「まずいもの？」

「基本的に、一族を絶えさせないよう子供は一人でも多く作るよう奨励されてる。そのために使われる一族の秘伝の薬があるんだ」

「秘伝の薬？　それはどういう……」

「子供を作るために何をするかわかってるか？」

「もちろん、それは――あっ」

　旭の云わんとしていることがわかり、思わず顔が赤くなった。

　子供を作るには必要な行為がある。一族の秘薬とやらは、精力剤のようなものなのだろう。

「本来は薄めて使うものなんだが、原液を丸々持ち出したらしい。あれをそのまま使われたら、俺は大変なことになる。前後不覚になり相手が誰だろうと盛《さか》りまくるだろうな」

「そ、そんなに凄《すご》いんですか……」

「使ったことはないから、聞いた話だけどな。赤熊の秘薬は通常の使用方法でもかなり凄いらしい」

　性経験のない深月にはその凄さは想像もつかないが、旭が秘薬で理性を失うことを考えたら嫌な気分になった。

「……あの、でも相手がいないとどうにもならないのでは？」

　旭の従弟がその秘薬を使ったとしても、子作りは一人ではできない。男女が揃っていることが必須だ。

「決まってはいないが、一応候補者はいる。あいつは従妹の一人を宛《あ》てがおうとしてるんだよ。当主になる場合、番《つが》う相手は同族しか許されないからな」

旭の答えに、ズキリと胸が痛む。不意に感じた刺すような痛みに、深月は顔を顰めつつ内心首を傾げた。

（何だ、いまの痛み？）

想定の範囲内の答えだったにも拘らず、胸が苦しい。ショックを受ける要素などなかったはずだ。

「そう、なんですね……」

軽く相槌《あいづち》を打ったつもりだったのに、言葉が喉に引っかかってぎこちなくなってしまった。胸に鉛が詰まったような違和感が消えない。

この間、旭にはギターを聴かせたい相手がいると聞いたときと同じ胸苦しさだ。

「同族って云っても、みんな兄妹みたいに育ったやつらばっかりだからな。結婚なんて云われてもピンと来ないんだよな」

「いまは決まった人……恋人はいないんですか？」

どうにか笑い返すことができたけれど、旭の言葉は深月の耳を上滑りしていった。

「まあな」

恋人はいないとの返答に、胸の痛みが薄れていった。

（何でいまほっとしたんだろう？）

万が一恋人がいたとしても、旭のプライベートのことは深月が口を出せる範疇《はんちゅう》の話ではない。

「でも、従弟さんの行動はちょっと強引すぎますよね。彼が諦めてくれる方法があればいいんでしょうけど……」

「一応、なくはない」

「本当ですか!?」

「赤熊族の掟《おきて》では、神無月《かんなづき》の新月の夜に契《ちぎ》った相手が一生の番になることになっている」

「一生の番――」

旭が口にした言葉にドキリとする。彼と添い遂げる運命の誰かがいるという事実に動揺した。血筋を引き継いでいかなければならない一族である以上、パートナーは必然だ。一体、どんな人が旭に選ばれるのだろう。

彼に愛されるならどんなに幸せかと夢想してしまう。顔も名前もわからない彼の〝番〟に羨望《せんぼう》を抱かずにはいられなかった。

「まあ、古くさい伝統だが、来月の新月まで逃げ切れれば、一年は俺に番を持たせることができなくなるわけだ。そうすればあいつも大人しくなるだろう。実際に拘束力があるかはわからんが、あいつはこういう伝統を無視できないタイプだからな」

真面目《まじめ》で四角四面な性格なら、古い決まりごとを破ることはできないかもしれない。

「――あの、旭さんは当主にはなりたくないんですか？」

深月は根本的な疑問を口にする。優しくて誠実な旭が、無責任に逃げ回っているとは思えない。何か深い理由があるのではないかと思ったのだ。

「そういうわけじゃない。みんなに期待されてるのは自覚してるし、俺だって一族のためにできることはしたい。本家に生まれて能力を受け継いだ者としての務めは果たすつもりではいる。だけど、少しだけ猶予が欲しいんだ」

「猶予ってどういうことですか？」

「……探している子がいるんだ」

「――――」

中川から聞いた話を思い出す。

「探している人って、昔の恋人ですか？」

「いいや、ちょっとした縁があっただけだ」

恋い焦がれるような顔で話すから、てっきりそうなのかと思った。

「相手は俺のことなんて覚えてもいないだろうが、もう一度だけ逢いたいんだ。俺はその子が幸せに暮らしているか見届ける責任がある。だけど、その子の連絡先はわからないんだ。唯一の手がかりは東京《とうきょう》にいるってことだけだったから、偶然の出逢いを期待して、思い切って出てきたんだよ」

いまでも路上で演奏をしているらしいという話を思い出した。聴かせたい相手というのは、その子のことなのだとピンときた。

旭は深月の顔をじっと見つめながら云った。

（な、何で僕の顔を見るんだ？）

　こんなふうに見つめられたら、まるで自分がその初恋の子みたいではないか。全くの無関係のはずなのに、ドキドキしてしまう。

「その人に逢えたらどうするんですか？」

「元気でやってるのを確認できたらそれでいいと思ってたんだが――」

　旭は一旦言葉を止めて、再びじっと深月の顔を見る。

「あ、あの……？」

「いや、何でもない」

　旭の瞳に見つめられると、落ち着かない気分になる。ファンだからということもあるだろうけれど、不思議な引力のようなものを感じるのだ。

「時期が来たら地元に帰ることになるだろう。それまでの時間、後悔のないよう過ごすよ」

　旭の穏やかな口調に、深月は何も返せなかった。

6

「いらっしゃいませー！　何名様ですか？」

新規の客を案内し、各テーブルから空いた皿を回収して回る。

深月のアルバイト先は、駅周辺の地下街の一角にあるチェーンの居酒屋だ。大学の講義を終えたあとは、ほぼ毎日シフトに入っている。

全国の日本酒が揃っていることが売りで、食事のメニューも酒に合わせたものになっている。

ここで働き始めたきっかけは、賄《まかな》いがしっかり出るという話を耳にしたからだ。アルバイトは初めてで接客業が務まるか不安だったけれど、面倒見のいい店長や先輩たちのお陰で楽しく働かせてもらっている。

「小鳥遊くん、注文いいかなあ？」

「少々お待ちください」

声をかけてきたのは、常連客の伏野《ふしの》だ。

一人だったり、同僚と一緒だったりとまちまちだが、ほぼ毎日顔を出す。健啖家《けんたんか》でよく食べるし、高い酒もじゃんじゃん頼んでくれる上客と云える。

「今日の小鳥遊くんのオススメはどれ？」

「本日はいいお魚が入ったので、刺身の盛り合わせがオススメです」

料理長の書いた手書きのメニューを指し示して答えるとその手を上から握られた。ぞわわ、と悪寒が走るのを顔に出さないようにするのは一苦労だった。

「そうじゃなくて、小鳥遊くんのオススメが聞きたいな」

「そうですね、鯛《たい》のお造りはどうですか？」

さりげなく手を引き抜き、伝票の準備をする。彼の厄介なところは、アルコールが入ると絡み酒になることと手癖が悪いことだ。深月を指名して呼びつけては卑猥《ひわい》な冗談を口にしたり、手や尻を触ってくる。

「じゃ、それで。熱燗《あつかん》も頼むね」

「鯛のお造りと熱燗でよろしいですか？」

注文の確認をして、そそくさとテーブルを離れる。

（どこにも面倒なお客さんっているよな……）

旭の従弟の動向を確認するために中川に探りを入れているのだが、あれからも彼は毎日〈レイジー〉に顔を出しているようだ。

言葉を交わすうちに段々と親しくなり、彼自身のこともわかってきたという。もちろん、個人情報などは聞いてはいないが、意外と酒に弱く泣き上戸だということや甘いものに目がないということを教えられた。

怪我の酷さや旭の警戒ぶりから凶悪人物のように感じていたけれど、人間らしい面もあるのだと知り印象が少しずつ変わっていた。

（どうにかしてわかり合えないかなあ……）

一番いいのは、二人が冷静に話し合うことだ。お互いに譲歩できる点を探ればいいのだが、どちらも自分の主張を譲る気はないのだろう。

家族の問題には口を出せない。もどかしい思いで見守っているしか、深月にできることはなかった。

「小鳥遊くん、大丈夫だった？」

各テーブルから皿を回収してバックヤードに戻ると、チーフの加藤《かとう》が気遣わしげに声をかけてきた。

「大丈夫ですよ、いつものことですから」

「でも、あいつ今日はずいぶんしつこかったでしょ？　前みたいに触られたりしなかった？」

加藤が気にしているのは、さっきの伏野のことだ。

「ちょっと手を触られたくらいですよ」

「やっぱり！　もう、油断も隙もないんだから！　あいつ、最近調子に乗ってない？　客だって云っても、あんまり酷いときは相手しなくていいんだからね」

「はい、でもお仕事ですし……」

このご時世、女性店員にそんな言動をしたらすぐに咎《とが》められる。だから、大人しく華奢《きゃしゃ》で力も弱そうな深月をターゲットにして揶揄っているのだろう。

下ネタは不快だし、触られるのも気分はよくないけれど、少しの間我慢すればいいだけだ。事を荒立てて、他のお客様が楽しく食事しているところを邪魔したくはない。

「あんなの仕事の一環じゃないわよ。セクハラでしょ！　可愛い子に相手して欲しいんだったら、それなりのお店に行くべき。次、触ってきたら私に云うのよ。追い払ってやるから」

「あ、ありがとうございます」

まるで我がことのように怒ってくれている加藤に、目から鱗《うろこ》が落ちる。

（怒っていいことなんだ……）

女の子ではないのだし、わざわざ咎めるほどのことではないと思っていたけれど、不快なことは不快だと主張してもいいのだと気づかされた。

「明日も来るようなら、店長に相談しよう。出禁にしてもらえるかもしれないし」

「さすがにそれは難しい気が……」

加藤の気持ちはありがたいけれど、できるだけ無難に過ごしたい。

（あんまり波風を立てたくないんだよな……）

伏野のことを除けば働きやすく居心地のいい職場だ。可能な限りここで長く働き続けたいと思っている。

他力本願ではあるけれど、彼が飽きて河岸換《かしが》えをしてくれるのを祈るばかりだ。

「とにかく、嫌だと思うことをされたらすぐに報告してね！」

「わ、わかりました」

キツく念を押され、深月はこくこくと頷いた。


「うわ、すごい雨」

バイトを終えて外に出たら、雨が本降りになっていた。深夜から降り出すと云っていたけれど、少し時間が早まったようだ。

各店舗の閉店後には地下通路は閉鎖されるため、この時間は関係者用の通路から出なくてはならない。店まで戻れば貸し出し用のビニール傘があるけれど、いまから取りに戻るのは少々億劫《おっくう》だった。

近くのコンビニで買うか、それとも家まで走っていくか。悩んでいたら、目の前に傘《かさ》が差しかけられた。

「小鳥遊くん、お疲れ様」

思わぬ人物に声をかけられ、ざわりと鳥肌が立った。どんな思惑があって、関係者用の通用口の前で待っていたのか。警戒心を見せないよう、さりげなく問い返す。

「——伏野さん。どうしたんですか、こんなところで」

「君を待ってたんだよ。ほら、この雨だからね。家まで送っていこうかと思って」

「あの、お気持ちはありがたいんですけど、一人で大丈夫ですから……」

作り笑いを浮かべてやんわりと彼の申し出を断る。店の外でまで、彼と接点を持ちたくはない。自宅を知られるなんて以ての外だ。

「何を云ってるんだ、傘も持ってないじゃないか。濡れて帰るなんてダメだよ。風邪を引いたらどうするんだ？　いいから、すぐそこに車を停《と》めてるからおいで」

断りもなく手を握られ、鳥肌が立った。彼の車に乗ったらまずいということは、いくら鈍い深月にもわかった。

欲望の対象として見られているのがわかる。彼がどの店員に対しても馴れ馴れしいわけではなかったことを思い出した。初めから深月がターゲットだったのだろう。

「は、放して下さい」

「いいから、遠慮しないで」

（遠慮じゃないから！）

強く拒絶したかったけれど、相手は一応常連客だ。不興を買って客を減らしてしまうのは店の損失に繋がるし、苦情を訴えられてバイトをクビになることも避けたい。

どうにかこの場を上手く切り抜けなければと必死に考えた。

「ほら、おいでよ。意地張らないでさ」

「いえ、本当に一人で帰れますから」

「素直じゃないな。君が俺のことを見てたのを知ってるんだからな」

「は？　何云ってるんですか？」

「誘うような目で見てたくせに。俺が触ると嬉しそうにしてただろう？」

「してません！」

苦笑いでやんわりと拒んだことはあるけれど、嬉しかったことなど一度もない。勘違いも甚《はなは》だしいが、彼は本気でそう思っているようだった。

「わかってるんだよ。君も俺のことが好きだって」

「な……っ、僕、男だってわかってますか!?」

小さい頃はよく女の子と間違えられていた。成長してからはなくなったけれど。

「若いのに意外と保守的なんだな。愛し合うことに男も女も関係ないだろ」

「関係ない――」

これまで接してきたのは両親も含めて男女の夫婦であったり恋人同士であったりしたから深くは考えたことはなかったけれど、好きになって生活を共にする相手を異性に限る必要はないのだろうか。

「さあ、おいで」

「男でも女でも、伏野さんのことは好きじゃありません！」

「何を云ってるんだ？　意地を張るのもいい加減にしたほうがいい」

存外に伏野の力は強く、なかなか振り払うことができない。もはや、後先考えている場合ではなさそうだ。

こういうとき、力が敵わないこと以上に話が通じないことのほうが恐ろしい。同じ言葉を話しているのに、意図をわかってもらえないのは怪物を相手にしているような気持ちになる。

（どうにかして逃げなきゃ）

連れて行かれるわけにはいかない。深月が意を決して肩にかけたデイパックで攻撃しようとしたそのとき、ううう、という低い唸《うな》り声が聞こえた。

「？」

空耳かと思ったが、唸り声は続いている。伏野も気づき、辺りを見回し始めた。

「何だ、犬か？　まあ、いい。さっさと行——っごふ！」

深月を連れて行こうと歩き出した伏野が突然吹っ飛んでいった。

「え？　え？」

「？？？？」

何が起こったのかわからず、べしゃっと地面に投げ出された伏野は動揺している。

伏野と深月の間に大きな影が割って入ってきた。

「——！」

「クマ!?」

深月の前に立ちはだかったのはクマに変化した旭だった。何故こんなところにいるのかという疑問はあるけれど、安心感から涙ぐみそうになってしまった。

「何でこんなところにクマがいるんだよ!?」

伏野は、赤毛の大きなクマに気圧《けお》されている。旭の鋭い眼差しに冷ややかに見つめられては、平静ではいられないだろう。

「け、警察に連絡――ひっ」

旭の全身から、ぶわっと殺気が立ち上る。横にいる深月まで本能的な恐怖で背筋に震えが走った。

全身に立った鳥肌に、旭の本質は獣《けもの》なのだと改めて気づく。

（怖い）

安心感と恐怖が綯《な》い交《ま》ぜになった感情が深月を襲う。

旭が伏野に迫るように一歩踏み出すと、外灯の光が反射し、彼の目が鋭く光った。まっすぐ睨《ね》めつけられている伏野が感じている恐怖は、深月の比ではないだろう。

「く、来るな……っ、あっち行け……！」

カバンや靴を投げて追い払おうとしているが、旭に動じる様子はない。

「た、たすけっ、誰か助けて……っ」

旭が一歩近づくと、伏野は真っ青な顔になってまろびそうになりながら逃げていった。その間の抜けた後ろ姿に、深月の肩から力が抜けていく。

「深月、大丈夫だったか？」

　二人きりになった途端、剣呑《けんのん》な空気は形《なり》を潜《ひそ》めたけれど、落ち着いてなどいられない。

「僕は大丈夫ですけど、旭さんこそ何してるんですか……！」

「嫌な予感がしたから迎えに来たんだ。人の姿に戻りたかったんだが、上手くできなくてやむを得なかった」

「え？　わざわざ、僕のために？」

「他に誰がいるんだ。俺の虫の知らせはよく当たるんだ。野生の勘ってやつだな」

「でも、誰かに見つかったら大変なことになるのに……っていうか、伏野さんの口止めをしないと……！」

　逃げ去っていった伏野を追いかけなければと踵《きびす》を返しかけた深月を旭は押し止める。

「あいつ一人くらい放っておいても問題ない。クマを見たなんて云ったところで、酔っ払いの戯言《ざれごと》だと思われるだけだろ」

「それならいいんですけど……」

「最悪、剝製《はくせい》のふりをしてやり過ごすよ。けっこう得意なんだ」

　まさか街中にクマがいるはずがないという思い込みを利用した対応策は、偶然鉢合わせたような状況なら通用するかもしれないが、いまのように逃げ隠れているような状況ではあまり功を奏さないのではないだろうか。

（とにかく、見つからないようにしないとな……）

旭のポジティヴさは長所だが、いまは最大限警戒して動くべきだ。

「それより、深月に謝らないといけないことがあるんだ」

「何ですか？」

「このとおり傘は持って出てきたんだが、この手だと上手く閉められなくて鍵が開いたままなんだ」

指が太すぎて鍵が摑めなかったのかもしれない。そのときの様子を想像すると、笑いが誘われる。

「気にしないでいいですよ。僕の部屋には盗むようなものはないですし——」

パトカーのサイレンの音が聞こえてきた。

「まさか、通報されたんじゃ」

「それはまずいな」

伏野が通報したのかもしれない。この近くには小さな動物園がある。万が一を考えてパトロールを強化したとしてもおかしくはない。

「旭さん、こっちです」

普段はあまり通らない裏道に向かう。自宅までの近道だが、灯りが少ないため普段は使うことはないが、いまはその暗さがありがたい。

「この姿だと狭いな」

その裏路地は旭が通り抜けるのでぎりぎりの広さだった。一つ問題なのは屋根のあるアーケードを横切らなければならないことだ。

「しっ、静かに」

通りを覗いた深月は、人が近づいてくる気配に身を固くする。唇の前に人差し指を立てて声を出さないようジェスチャーした。

（旭さんが見とがめられたら着ぐるみだと云い張って切り抜けるしかないよな）

剝製のふりよりは、ごまかしが利くのではないだろうか。クマだと認識されたら、捕獲対象として追われてしまう。

「本当にクマなんかいるのか？」

「酔っ払いの見た幻覚だろ」

「だよなぁ。まあ、先月は猿が逃げ出したから可能性はゼロじゃないし、放っておくわけにもいかないが」

「けど、あの動物園にクマっていたか……？」

パトロールの警官のようだ。二人組で、懐中電灯を手に店舗の間の路地を覗いている。

（こっちに来る……！）

いま見つかるわけにはいかないが、あの様子ならこの路地も覗かれてしまう。それなら、先に自分が顔を出してしまったほうがこの場をやり過ごせそうだ。

「旭さんはそこに隠れててください」

深月は身を隠す旭にカバンを押しつけ、袖《そで》を捲《まく》り上げた。店の店員のふりをして乱雑に積み上がったビールケースを整頓し始める。

近づいてきた警官がビール瓶《びん》が当たる音に気づき、こちらを覗き込んできた。

「こんばんは。こちらの従業員さんですか？」

「あ、はい。そうですけど……」

深月はいま気づいたと云わんばかりにビールケースを地面に置いて顔を上げた。

「動物園からクマが脱走したという通報があったんですが、近くで何か見たり聞いたりしませんでしたか？」

「いえ、何も。この雨ですし、今日は野良猫一匹見ませんでしたよ」

緊張が出ないよう、顔の筋肉に力を入れる。

「だよなあ。クマなんているわけないって」

「まあ、そう云わず念のため一回りしてから戻ろう。ご協力ありがとうございました」

「いえ、ご苦労さまです」

パトロール警官を笑顔で見送り、姿が見えなくなったところでほっと一息つく。

「もう大丈夫です、旭さん」

「危なかったな。助かったよ、深月」

「いえ、上手くいってよかったです。いまのうちに行きましょう」

急いでアーケードを渡り、また裏路地に入る。このまま住宅街を抜けていけば、深月のアパートまですぐだ。

「雨が酷くなってきたな。早く帰ろう」

　再び傘を差し、降りしきる雨の中に踏み出した。

「おっと！」

「……っ!?」

　路地から通りに出ようとした瞬間、スピードを上げて車が走り抜けた。タイヤが水飛沫《みずしぶき》を跳《は》ね上《あ》げる。咄嗟に抱き寄せられ、顔が雨で湿った胸に押し当てられる。

　——……から頑張れ。

（いまのは何だ？）

　頬に触れた感触に、ふっとそんな言葉を思い出した。いつのことだったか覚えていないけれど、誰かにそんなことを云われた記憶がある。

　脳裏にこだましたあの声は、何かの響きに似ているような気がした。

「危ないな。深月、濡れなかったか？」

「————」

「どうした、深月」

「え？　な、何でもないです。ちょっとぼんやりして」

「少し働きすぎじゃないのか？　今日はゆっくり休め」

「そうします」

確かに最近は寝不足ではある。その主な原因は旭だが、本人に云えるはずもない。

（今日は床で寝ようかな……）

そうすれば、少なくとも明け方に抱き枕にされることはない。安眠とまではいかなくても、ドキドキして眠れないことはないはずだ。

「ほら、もっとこっちに寄らないと濡れるぞ。風邪を引いたらどうする」

「旭さん、けっこう過保護タイプなんですね。昔は病弱だったけど、いまはちょっとくらいじゃ、風邪なんて引かないから大丈夫ですよ」

「深月だから心配なんだよ」

「……っ」

旭の包み込むような眼差しに、大きく心臓が跳ねた。手の平がいままでにない緊張感で汗ばんでくる。

さらに強く肩を抱き寄せられ、ぶわっと体が熱くなった。肩を掴む力強い手の感触と、触れている部分から伝わる体温に言葉にならないほど緊張する。

（おかしいな、クマのときはドキドキしなかったのに……）

いますぐ彼を突き飛ばして逃げ出したい。決して嫌なわけではない。ただただ、恥ずかしいのだ。

（……僕は旭さんに恋してるんだろうか？）

心当たりならある。旭に対しては、これまで知らなかった感情を感じている。

あのドキドキが恋愛感情のそれなのか、否応なしに彼から漏れ出ているフェロモンのせいなのかは謎《なぞ》だった。

幼い頃、入院していた病院の担当看護師にほんのりとした好意を抱いたことはあるけれど、所詮子供の初恋だ。優しくしてくれた年上の女の人に憧れを抱くのは当然のことだ。

だけどあれ以来、恋らしい恋をしたことがない。天涯孤独となり、どこにいても自分は余所者《よそもの》だった。

中学、高校と親しい友達はできたけれど、誰か一人に特別な気持ちを抱くことはなかったし、同性の体を見てあらぬ欲望が湧き上がることもなかった。

だけど、それは女性に対しても同じで、クラスメイトの持ち込んだグラビア雑誌に特段の感想は持てなかった。

旭に対しては仕草、目線、声音――一挙手一投足のことごとくを意識してしまう。

息苦しいほどに胸が苦しい。鼓動の高鳴りや高揚感が激しくなったのは、彼が好きだと自覚したせいかもしれない。

「なあ」

「はい？」

「これって相合い傘だな」

「……っ」

（本当に旭さんって……）

人を無闇にドキドキさせるのはやめて欲しい。だけど、彼自身はこれでも口説いているつもりはないのだろう。

降りしきる雨の中、ビニール傘の下は二人きりの密室のようだった。

7

「ずいぶん濡れたな。深月は大丈夫だったか？」

「僕は大丈夫です。旭さんが傘をこっちに差してくれてたので――」

答えながら振り返った深月は、玄関に立つ旭の様子に息を呑んだ。

「人間に戻ったなら早く云って下さい!!」

「すまない、うっかりしてた」

急に人間の姿に戻ってしまったらしい旭が、全裸で頭を掻いていた。同性の裸なのだから、殊更意識するようなものではないとわかっていても、どうしてもドキドキしてしまう。

（これだから裸族は……！）

一緒にいるこちらの気持ちも考えて、少しは気を遣って欲しい。自分の気持ちを自覚しかけているときに、無闇に翻弄するのはやめてもらいたい。

できるだけ見ないようにしながら、バスタオルを渡す。

「ありがとな」

本人は無意識なのだろうが、だからこそ罪作りなのだ。彼のファンが押《お》し並《な》べて熱狂的なのも納得がいく。音だけでなく、本人に人を惹《ひ》きつける魅力があるのだ。カリスマ性と云うべきか、彼の一挙一動から目が離せない。

（けど、外で変化しなくてよかったかも）

公道で全裸になってしまったら違う意味で警察に追われることになっていた。

「あ、あの、体冷えちゃうから、熱いシャワーでも浴びて下さい」

お湯を張るには時間がかかる。待っていたら、風邪を引いてしまいそうだ。

「俺は大丈夫だ。先に深月が入れ」

「僕はあんまり濡れてませんから」

押し問答になって結論がなかなか出ない。相手のことになると、お互いに頑固になってしまう。

「それなら、一緒に入ればいいんじゃないか？」

「え？　いやいやいやそれはちょっと！」

「どっちが先か揉めなくてすむ」

「ちょ、待って下さい……！」

手早く服を剥ぎ取られ、狭いバスルームに押し込められた。逃げ出すにも、唯一のルートに旭が待ち構えている。所在なく裸で立ち尽くしていたら、すぐに旭も入ってきた。

「……っ」

逞しい体が迫り来るシチュエーションに心臓が早鐘を打つ。

「さすがに二人だと狭いな」

「だったら、僕は出ますから……っ」

「遠慮しなくていい」

旭は深月を抱き寄せると、シャワーのコックを捻《ひね》ってお湯を出す。熱めに調整し、深月の頭から勢いよくかけてきた。

「わっ」

顔に流れてくるお湯の感触に目を瞑《つむ》る。

「今日は俺が髪を洗ってやる」

くるりと反転させられ、壁を向かされた。

「い、いいです。自分でやります」

「弟たちの面倒見てたから上手いぞ」

問答無用でシャンプーを塗りつけられ、あっという間に泡立てられた。しゃかしゃかと動かされる指は巧みな力加減で心地いい。だが、背後に全裸の旭がいると思うと緊張で集中できなかった。

(何かいい匂いがする……)

緊張に身を固くしていると、シャンプーとは別の甘い香りが鼻腔を擽った。この香りを嗅いでいると、くらくらしてくる。

髪を洗われる心地よさと相俟《あいま》って、頭がぼんやりとしてきた。

「……っ」

甘い香りに酩酊《めいてい》しかけ、深月はふらりとよろけてしまった。

「大丈夫か？」

「!?」

旭に支えてもらったその瞬間、腰の辺りに何かが当たった気がして我に返った。硬いけれど、無機質ではない感触。心当たりのあるその正体にドキリとした。

「――すまない、先に出る」

「えっ」

「あとは自分でやってくれ」

旭は慌てた様子でバスルームを飛び出していった。

「いまのって……」

勘違いではなく、勃っていた気がする。同性として致し方ない生理現象だということはわかるが、何故この状況で。

（耳も出てたような……？）

慌ててトリートメントを流して、深月もバスルームをあとにする。着替えて部屋に行くと、灯《あか》りもつけずに旭が物憂げに窓の外を眺めていた。

旭も服は着ているけれど、耳と尻尾が出てしまっている。

「あの……大丈夫ですか？」

センターカラー
★W新連載
神田猫／三池ろむこ
表紙&巻頭カラ
カスカベアキラ
秋葉東子
鰍ヨウ
★大好評連載陣
日高ショーコ
山本小鉄子
雁須磨子
西原ケイタ
あずみ京平
如月弘鷹
コウキ。
田倉トヲル
四宮しの
九號
かみしまあきら
小石川あお
富士山ひょうた
吹山りこ
山葵マグロ
木山くら／七微
★注目連載 第2話
ARUKU／雪代鞠絵＋桜庭ちどり
ルチル
アニバーサリー
全サ実施!!
ルチル
Boy's Cute and Sweet Magazine
Rutile
2020年
3月号
◎表紙 カスカベア
◎ピンナ
本体予価727円
2020年1月22日(水)発売
◆奇数月22日発売◆隔
(応募者負担あり)
表紙イラストQUOカード応募者全員サービス
最新情報はこちら➡
[ルチルポータルサイ
http://rutile-official.

スマートボーイズ Presents LINE UP

2020 4月スタート カレンダー

小坂涼太郎

KOSAKA RYOTARO

2/1(Sat)EVENT@TOKYO

▶大久保 R'sアートコート

2/2(Sun)EVENT

@OSAKA&NAGOYA

▶HMV心斎橋&HMV栄

高本 学

TAKAMOTO GAKU

3/14(Sat)EVENT

@OSAKA&NAGOYA

▶HMV心斎橋&HMV栄

/15(Sun)EVENT@TOKYO

▶HMV渋谷

詳細は
http://sumabo.jp/
をチェック！

ご購入は http://shop.sumabo.jp/へ！

他に声のかけようがなかったが、深月のほうもどことなく妙な気分になっていた。

「すまない、みっともないところを見せたな」

「いえ、そういうこともありますよね」

深月は言葉を探してフォローする。

「気をつけないといけない時期だということを雨で失念していた。云い訳に聞こえるだろうが、獣の血のせいで発情期があるんだ」

「発情期？」

旭に倣《なら》って窓の外を見上げると、雨の止《や》んだ空の雲の切れ間に糸のように細くなった月が昇っていた。

「毎月、新月の前後になると興奮しやすくなる。さっき、風呂場で目眩がしただろう？　あれは俺のフェロモンのせいだ」

「……ああ」

湯あたりするほどシャワーを浴びていたわけではないから不思議に思っていたけれど、そういう理由だったのかと納得する。

「毎月だと大変ですね」

「神無月以外は軽いものだから、自己処理でどうにかなる。というわけで、さっきのは見なかったことにしてくれ」

苦笑する旭。気まずさは理解できる。

「あの、それだといま辛いんじゃないですか……？」

「それなりにな。けど、我慢できないほどじゃない」

表情を見る限り、やせ我慢だということはわかる。

「僕に手伝えることはないですか？」

「え？」

（何云ってんだ、僕は！）

自分で自分に突っ込みを入れるが、発言は取り戻せない。さっきの逃亡劇と旭のフェロモンのせいで変なテンションになっているのかもしれない。

「僕じゃ役に立てないですか？」

「そんなことはないが、深月にはさせられない」

「助けてもらったお礼をさせて下さい」

冗談だと云って引くべきだと理性は告げる。だけど、深月の本能はそうすることを許さなかった。

旭に触れたい、触れ合いたい。そんな願望が無視できない。

勢いのまま迫ると、旭はごくりと喉を鳴らした。

「――少しだけ手を貸してもらってもいいか？」

こくりと頷くと、ベッドに導かれる。深月はベッドに腰掛けた旭の前に跪《ひざまず》き、スウェットに手をかけた。緊張を呑み込み、中のものを表に出す。

「……っ」

不意打ちで何度か目にしたことはあったけれど、兆《きざ》しかけたそれを目の当たりにすると迫力が違う。

「無理はしなくていいからな」

「……無理じゃないです」

自分のものとは比べものにならない大きさに息を呑んだけれど、嫌悪感や抵抗感があるわけではない。むしろ、自分で役に立つのかという不安がいまさら込み上げてきた。

だけど、それ以上に好奇心や衝動が勝《まさ》り、深月は旭の欲望に指を絡めた。少し強く握り、上下に擦る。

「ん」

鼻に抜ける旭の声にドキドキする。指から伝わってくる体温と脈動に興奮してきた。自分のものに触れるときよりも丁寧《ていねい》に扱っていると、旭のもどかしそうな声が聞こえた。

「もっと強くしてくれ」

「は、はい。どうですか……？」

「気持ちいいよ、深月」

優しく髪を撫でてくれる指使いにぞくぞくとする。旭はどんなふうにこの昂《たかぶ》りに触れるのだろう。すらりと長い指で大胆に擦るのかもしれない。

そんな想像をしていたら、下半身がもぞもぞとしてくる。旭の自慰《じい》を想像していたのに、何故か彼の手が自分を高めるイメージが浮かんできてしまった。

（何を考えてるんだ、僕は……！）

一度脳裏に浮かんだあらぬ想像はなかなか消えてくれない。

「大丈夫か？」

膝を摺り合わせてごまかしていたら、旭に気づかれた。

「……僕も……ってきちゃって……」

こんな状態で何でもないと嘘はつけない。深月の股間の布地が張《は》り詰《つ》めているのは、見ればわかる。

「すまない、俺のフェロモンにあてられたのかもしれないな」

「!?」

脇《わき》の下に手を入れられ、勢いよく抱え上げられる。そして、そのまま旭の膝の上に跨《また》がる格好にさせられた。

「待っ……」

静止する間もなく、下着の中に手を差し入れられる。旭の指が自身に絡みつく感触だけで達してしまいそうになった。

「これは辛いな」

「あ……っ」

ガチガチに張り詰めた自身を、旭の手であやされる。深月とは比べものにならないほど器用に追い立てられていく。

「ああ、あ、や、旭さん、僕ばっかり……っ」

旭の股間に手を伸ばし、さっきの続きを試みる。

「じゃあ、一緒にしよう」

旭は深月の腰を自分のほうへと引き寄せると、パジャマのウエストを引き下げた。剥《む》き出しになったお互いの屹立《きつりつ》を重ねるようにして握り込まれる。

「や!?」

敏感な性器同士が触れ合う感触に息を呑む。まとめて扱《しご》かれる刺激の強さに脳内の神経が焼《や》け爛《ただ》れた。

「あ、あ、ああっ」

「深月も握って」

「こう、ですか？」

「それでいい」

他人に触れられるのも、他人のものを触るのも、これが生まれて初めてのことだ。

旭は深月の手ごと包み込むと、力任せに上下に動かした。

「あっ、あ、旭さん、待って、ああ、あ――」

予測できない動きをする自分の手の感触に戸惑うしかない。器用で強引な指使いに追い立てられ、深月は白濁を溢《あふ》れさせた。

8

あの日から伏野はバイト先に現れていない。

彼からクマに襲われたという苦情が地下街の事務局に入ったけれど、そのときに一緒にいた深月が否定したため酔っ払いの見た幻覚だろうと結論づけられた。

近場の動物園ではクマは飼育されていない。伏野の通報による捜索もすぐに打ち切られたようだ。

常連客が一人減ったことは申し訳ないが、正直なところほっとしていた。自覚していた以上に彼に対してストレスを感じていたらしい。

「今日はずいぶんそわそわしてるけどどうしたの？」

シフトを終え、アルバイト先のロッカールームでいそいそと帰り支度をしていたら、休憩に来た加藤に声をかけられた。

「そ、そんなことないと思いますけど」

そうごまかしつつ、傍目《はため》から見ても落ち着きがなかったのかと反省する。

「もしかして、デート？」

「違いますよ！」

「照れなくてもいいのに」

反論すればするほど揶揄われるのはわかっている。彼女は恋愛話が好きなのだ。誤解を解きたい気持ちはあったけれど、ぐっと堪えた。

今日は旭に早く帰るよう云われているのだ。

『バイト先で賄いが出てるだろう？　今日は控えめにしておいてくれると助かる。夕飯を俺に作らせて欲しいんだ』

今朝、出がけに呼び止められそう告げられた。

朝食と昼の弁当は旭が作ってくれているが、平日の夕食はこれまでどおりバイト先の賄いですませている。

旭に一人で食事をしてもらうのは申し訳ない気持ちもあるが、深月の帰りを待ってもらうと遅い時間になってしまうのだ。

何でも作ってみたいメニューがあるとかで、お腹に余裕を持たせておいて欲しいとのことだった。含むような物云いが気になったけれど、家を出なければならない時間だったため深く追及はできなかった。

（作ってみたいメニューって何だろう？）

結局、今日一日朝の旭の言葉が気になっていた。講義にもなかなか集中できず、追及してこなかったことを後悔した。

「あの、お先に失礼します。お疲れ様でした」

居酒屋の制服をデイパックに詰め、そそくさとロッカールームをあとにした。

(でも、本当にどうしたんだろう)

旭がいきなりあんなことを云い出したのは、何か特別なことがあるからではないだろうか。不自然にもほどがある。わざわざ一緒に食べようと誘われるなんて初めてのことだった。

(最後の晩餐《ばんさん》ってわけじゃないだろうけど……って、そうなのか!?)

この数日はだいぶ調子がいいようで、朝起きてもクマにはなっていない。気兼ねなく外を出歩けるまでに回復したのかもしれない。

「……もう帰れるのかな」

従弟の問題は残っているけれど、故郷の長《おさ》たちに相談していると云っていたから、彼を説得できる方法が見つかったのだとしたら、いつまでも深月の部屋にいる意味はない。

旭はもう一度逢いたい子がいると云っていた。その子を探すためにも、いつまでも引き籠もっているわけにはいかないという気持ちもあるのだろう。

旭の願いは叶って欲しい。だけど、いつまでも叶わないで欲しいと思ってしまう利己的な自分も否定しきれなかった。

「あとちょっとかぁ……」

もうお別れかと思うと寂しくなる。彼と共に過ごせたことこそ奇跡のような日々だった。

深月は旭がいてくれることに幸せを感じているけれど、彼にとっては窮屈なだけだろう。事情が事情とは云え、一日でも早く元の生活に戻ることが旭の願いのはずだ。

外に出ると、雨の予報だったにも拘らず空には星が出ていた。雲間から月も顔を覗かせている。名《な》残《ごり》惜《お》しさを覚えつつ、深月は月の昇った夜空を見上げた。


バイト先から自宅までの距離はそう遠くない。ゆっくりと歩いたところで、時間が然《さ》程《ほど》かからなかった。

「…………」

このドアを開けたら、終わりを聞かされるのかもしれない。そう思ったら、手が動かなくなった。

だけど、旭は食事を用意して待ってくれている。その厚意を台無しにするわけにはいかない。深月は覚悟を決めて、玄関の鍵を開けた。

「ただいまー」

普段どおりを装ってドアを開けると、パン！　という破裂音と共に何かが飛んできた。

「な、何？」

何が起こったのか、すぐには把握できなかった。顔に絡みつく糸のようなものを手で払っていると、想定外の言葉が耳に飛び込んできた。

「誕生日おめでとう、深月」

「へ？」

——誕生日。

その単語を聞いたのは、何年ぶりのことだろう。一瞬、意味がわからず呆《ほう》けてしまったが、生まれた日のことだと気がついた。

「今日は深月の誕生日だろ？」

「うん、そうかも……」

今日が自分の誕生日だということは、旭に云われるまですっかり忘れていた。

親戚の家にいたときは形だけは祝ってくれていたけれど、気まずさに満ちていたし、中学生以降は普通の日と変わらずに過ごしていた。

「でも、何で知って……」

「この間、学生証が見えたんだよ。せっかくだしお祝いしようと思って」

「あ、ありがとうございます……」

（は、恥ずかしい……勘違いして落ち込んでたなんて……！）

ぶわっと顔が熱くなる。

別れを告げられるのだと思い込んで悲嘆に暮れていた居たたまれなさと誕生日を祝ってもらう嬉しさに、感情がぐしゃぐしゃになった。

「二十歳《はたち》の祝いは特別だからな」

「――――」

自分のために準備してくれていたことを知り、胸が詰まる。

「これで終わりじゃないからな」

ぐいぐいと引っ張られて部屋に入ると、想像以上のご馳走《ちそう》が用意されていた。ちらし寿司に唐揚げ、ポテトサラダ。そして、テーブルの真ん中に載っていたのは――。

「ラザニアだ……！」

用意されていた思い出のメニューに胸が詰まる。できたてのようで、ホカホカと美味しそうな湯気が立っている。

深月の部屋にはオーブンなんて気の利いたものはない。一体、どうやって作ったのだろう。

「……もしかして、僕が食べたいって云ったからですか？」

少し前に母が特別な日に作ってくれたと話したのを覚えていてくれたのだ。

「ああ、すぐそこの図書館に行ったら、お前の母親が書いたレシピ本が置いてあったんだ。それを見ながら作ったからある程度は近いものができたんじゃないか」

「わざわざ探しに行ってくれたんですか!?」

「買い物の途中に寄ってみただけだ」

「――――」

「――深月？」

胸が詰まって黙り込んだ深月の顔を旭は気遣わしげに覗き込んでくる。

「何でもないです。目にゴミが入ったのかも」

「冷《さ》める前に早く食おう。ラザニア上手くできたんだ」

下手な云い訳をスルーしてくれたのは、旭の優しさだろう。

「はい」

「今日で二十歳だろ？　乾杯しよう。ほら、グラス持って」

「乾杯？」

旭が冷蔵庫から持ってきたのはシャンパンの瓶だった。細長いワイングラスのようなものも手渡される。

「これも買ってきたんですか？」

「百均のやつだけど、雰囲気は大事だろ？　マグカップで成人のお祝いは味気ないからな」

「あの、でもけっこう材料とかでお金かかってますよね？　お財布見つかったんですか？」

このご馳走を作るには、深月が念のためにと預けてある生活費では足りないだろう。深月の疑問に対し、旭はギターケースを指さした。

「心配ない。駅前で稼《かせ》いできたから」

「え!?　そんなことして大丈夫なんですか？」

従弟から隠れているはずなのに、目立つような真似をするのは危険な行為だ。

「あのくらいで見つかることはない。夜型だと思われてるだろうからな」

「でも、無茶しないで下さい」

「命の恩人の誕生祝いだぞ」

旭がシャンパンを開けると、ポン！　と大きな音がしてコルクが飛んでいった。細長いグラスに細かい泡の立つ金色の液体を注がれる。

「綺麗ですね……」

「体質に合うかどうかわからないから、一気に飲み干すなよ」

「わ、わかりました」

「誕生日おめでとう、深月」

グラスの縁がカチンと合わせられる。祝いの言葉が気恥ずかしくも嬉しい。

「ありがとうございます」

ドキドキしながらそっとシャンパンに口をつけると、ほんのりとした爽《さわ》やかな甘さが口に広がった。

「……！」

初めてのお酒だから覚悟していた部分もあったけれど、想像を裏切ってとても美味しかった。

「これなら飲みやすいだろう？」

「はい、すごく美味しいです」

アルコールの強さは体質に左右されると聞く。深月は強いほうだったのかもしれない。

「年長者からのアドバイスだ。そういう口当たりのいい酒を出してくる人間は信用するなよ。飲みすぎにも注意だ」

「旭さんも信用できないってことですか？」

「そうかもな」

「世界中の人が信用できないとしても、旭さんだけは信じられる気がします」

「そんなこと云ってると取って食われるぞ」

旭は両手を引っ掻くような形にして襲いかかる真似をしてくる。彼がやると洒落《しゃれ》にならないブラックジョークだが、深月は声を立てて笑った。

「僕、あんまり美味しくないと思いますよ」

「そうか？　充分美味そうだけどな」

（旭さんになら食べられてもいいけどな）

こんなことを云ったら、逆に引かれてしまいそうだ。

「忘れてた、ケーキも買ってあるんだ。ろうそくの火を消さないと誕生日パーティは始まらないだろ」

旭は立ち上がり、冷蔵庫にケーキを取りに行った。

「お腹いっぱい……」

ご馳走にシャンパン、ケーキまで食べたらお腹がぱんぱんになってしまった。それに初めてのアルコールでふわふわする。

「残りは明日だな。ちょっと作りすぎた」

「お祝い、本当に嬉しかったです。こういう誕生日会をやってもらうのに憧れてたので夢が叶いました」

まさに憧れていた誕生日会そのものだった。乾杯をして、ケーキに立てたろうそくの火を吹き消して——。

小学校に上がってからは周りが気を遣っていたようで、友達の誕生日会などに招待されることはなかった。祝ってもらうことだけでなく、自分が祝うこともできないのかとショックを受けたことを覚えている。

「喜んでもらえてよかった。実はもう一つ誕生日プレゼントがあるんだ。安上がりですまないんだが——」

旭はギターケースを引き寄せると、中からアコースティックギターを取り出した。美しい木目のそれには歴史を感じさせる傷がいくつもある。

「え？　え？　もしかして……」

旭が慣れた手つきでチューニングをする様子に狼狽えた。

「聴きたいって云ってただろ？　夜だからちょっとだけ。アパートの住人に怒られたら、俺が謝りに行くから」

「本当にいいんですか……？」

「俺にはこのくらいしかできないからな」

ピックで弦が弾《はじ》かれた瞬間、空気が変わった。たった一音でも、旭が爪弾く音色は深月の心を震わせる。

「――――」

軽く試し弾きをしたあと、旭は姿勢を正して軽く深呼吸をした。その直後、穏やかなイントロが流れ出す。

バーで初めて旭の演奏を聴いて胸を打たれたあの曲だ。優しくて切ない響きと泣きたくなるくらい澄んだ旋律。

（……この音をずっと聴きたかったんだ）

彼の紡《つむ》ぐ音を聴いていると、包み込まれるような安心感を覚える。まるで、自分のために作られた曲だと勘違いしたくなるほど深月の心に染み込んでいった。

（――どうしよう。やっぱり、旭さんが好きだ）

彼の音色を聴いていると、恋しさが募っていく。じわじわと苦しくて切ないほろ苦さがこみ上げてきた。

好きだ。そう認めた瞬間、抑え込んでいた恋心が際限なく溢れ出てくる。彼を見つめていると、叫び出したい気持ちになった。

不意にギターを奏でる指の動きが止まり、その音色が途切れた。

突然どうしたのだろうかと顔を上げると、旭が困ったような顔で深月を見つめていた。

「どうしたんですか？」

「泣かせるつもりはなかったんだがな」

目尻を指先で拭われる。そのとき初めて自分が泣いていることに気がついた。

「す、すみません、泣くつもりなんてなかったんですけど」

「謝る必要なんてない。泣きたいときは素直に泣けばいいんだ」

頭を撫でてくれる手の平の温かさが胸に染みる。

「――旭さんの音ってどうしてそんなに優しいんですか？」

「そうか？　自分ではよくわからないけど、深月がそう感じてくれたなら嬉しい」

「何だか懐かしくて、大事な人に逢いたい気持ちになります。……もしかして、旭さんが逢いたい人のために作った曲ですか？」

「……どうしてそう思う？」

「聴いてるとすごく切なくなるから。旭さんはその人を大事に思ってるんですね」

「ああ、そうだな。誰よりも幸せになって欲しいと思ってる」

「……っ」

顔も名前もわからないその人物に嫉妬してしまう。云いようのない羨望に胸が締めつけられた。自分から振った話でショックを受けるなんて、愚《おろ》かにもほどがある。

（僕ってバカなのかな）

旭が自分のような何の取り柄もない年下の大学生を相手にするなんて露《つゆ》ほども思っていない。だけど、わかっていることでもダメージは受けるようだ。

「その人が旭さんの思ってるような人じゃなかったらどうするんですか？　思い出が美化されてるだけかもしれないじゃないですか」

（何でこんなこと云ってるんだ？）

どろどろした気持ちのまま、水を差すような言葉を口にしてしまう自分に困惑する。

「心配ない。きっと優しくていい子になってるから」

「会ってないのにどうしてわかるんですか？」

酔っているせいで自制が利かず、しつこく食い下がってしまう。

「どうした、深月。シャンパンで酔ったか？　深月らしくないぞ」

気遣わしげに見つめられ、正気に戻る。

「す、すみません、こんなこと云うつもりじゃ……」

「わかってる。俺を心配してくれたんだろう？」

「違うんです。僕、本当は性格悪いんです」

慰めるように頭を撫でてくれる旭の手をやんわりと押しのける。自分には優しくしてもらう権利はない。

いい子でなければならない。ずっと、そうやって仮面を被ってきた。一人では生きられない。見捨てられないように媚《こ》びて生きてきたのだ。

「僕、小さい頃に両親を事故で亡くしてるって云いましたよね？　だから、両親がいる子も誕生日を祝ってもらえる子も本当は妬《ねた》ましくて、だからってそんな気持ちを抱えたままだと辛いから誕生日に興味がないふりをしてたんです」

「深月……」

「当時は体が弱くて、小児喘息を患《わずら》っていたんです。すぐ熱を出しては発作を起こしてたんですけど、喘息を治すのには空気の綺麗なところがいいからって両親が田舎《いなか》に引っ越してくれて……そのお陰で少しずつよくなっていたんです」

いつもより口が滑らかになって自分語りを始めたのは、シャンパンのせいもあるけれど、ずっと自分のことを誰かに聞いて欲しかったのかもしれない。

山荘での生活は楽しかった。父と散歩に行って木の実を拾ったり、母と一緒にクッキーを作ったり。新鮮な空気に発作の回数は減っていった。

「だけど、気圧の変化とか気温のせいもあったのか、嵐の日に酷い発作が出ちゃったんです。両親は麓の病院まで連れて行こうとしてくれて。その日の嵐は本当にすごかったみたいで、車が山道でスリップして――」

　隣に座る母が自分の名を呼びながら覆い被さってきたことは覚えている。だが、深月の記憶はそこまでだ。

「僕が覚えてるのはこれだけです。大きな怪我もしたんですけど、事故のことは全然覚えてなくて。でも、傷跡は残ってるから本当なんだなって」

　次に意識がはっきりしたのは、病院のベッドの上だった。

　髪の毛をかき分けて、後頭部の傷跡を見せる。傷の派手さの割に治りはやたらと早かったらしく、主治医や看護師がしきりに奇跡だと云っていた。

「……そうか、覚えていないのか」

「僕たちの乗った車が急カーブで崖崩れに巻き込まれて道路の下へ転落したというのをあとで聞きました。全国ニュースにもなったくらい大きな事故だったそうです」

　事故現場は悲惨な状況だったと聞いている。大人たちからは、覚えていないことはむしろ幸いだったと云われた。

　両親は最後に何か云っただろうか。知りたい気持ちはあるけれど、まだ向き合う勇気を持ててはいなかった。

「お医者さんは頭を打ったショックで、事故の前後の記憶が飛んだんじゃないかって云ってました。もしかしたら思い出すかもしれないし、一生思い出さないかもしれないし、いまの医療ではなんとも云えないって」

「思い出さないほうがいいこともある。大事なのは過去よりも未来だからな」

旭がそう慰めてくれたのは、深月が過去を正視できない自分に引け目を感じていることに気づいたからかもしれない。

「……みんなして、奇跡だ、助かってよかったねって云うんです。でも、本当によかったのかどうかいまでもわからなくて。僕なんて生きてて意味があるのかなって」

深刻になりすぎないように、上辺《うわべ》だけでも笑っておく。

「母は料理研究家だって云いましたよね？　父も名の知れた小説家で、出版社のパーティで出逢ったそうです。生前の二人を知ってる人はみんな、僕に会うと残念だったね、惜しい人を亡くしたねって云うんです。もちろん僕もそう思います」

深月は大きく息を吸い込んでから、胸の奥底に押し込んでいた疑問を吐き出すように口にした。

「僕が病弱じゃなかったら、あの日発作を起こさなかったら、二人とも死なずにすんだのに。二人は僕が死なせたんです。どうして、僕だけ生き残っちゃったのかな」

思わず、心の隅にこびりついた疑念を吐露《とろ》してしまった。あのとき、二人と一緒に死んでいたらよかったと思うこともあった。

「バカだな、深月」

「……っ!?」

突然、旭に抱きしめられて面食らう。予想どおり旭は呆《あき》れているようだったけれど、その声がどこまでも優しかった。

「どうしてかなんて神様にしかわからない。だけど、深月に生きてて欲しいと願った人の想いは通じたってことじゃないか？」

「生きてて欲しい……？」

「少なくとも、ご両親はそう願ったはずだ。お前にとって、大事なのはご両親の気持ちか？　それともご両親の知り合いの気持ちか？」

「！」

　いままで、そんなこと考えたこともなかった。周りの人たちの気分を損ねないよう、顔色を窺《うかが》い、空気を読んで過ごしてきた。

　両親の命を犠牲にして助かったのだから、せめて間違いのない生き方をしなければと、そればかり考えていた。

「他人の俺が偉そうなことを云える立場ではないが、ご両親は深月が助かってよかったって思っているだろうし、お前には幸せになって欲しいと思ってるはずだ」

「……そう、でしょうか」

「償《つぐな》うことと自分を罰することは同じではないだろう？　いまとなってはご両親には確認できないが、少なくとも俺は深月に逢えて嬉しかった」

「……！」

旭の言葉に涙が滲《にじ》む。もう泣かないと決めたのに、鼻の奥が熱くなる。

「深月は俺に逢わないほうがよかったと思ってるか？」

「そんなことないです！」

「だったら、それだけでもいいだろ。生きる意味があるのかって云ってたが、別に価値ある人生を生きなくたっていいんだよ。飯が美味いとか空が綺麗だとか、そういう幸せを感じるだけの人生だっていいじゃないか」

他の人に云われる言葉は上滑りしていくばかりだったけれど、旭の言葉はすっと胸に染み込んできた。

「もっと無責任に人生を楽しんでいい。誰にだってその権利はあるんだからな」

人生を楽しむ——そんなこと、これまで考えたこともなかった。

いや、違う。楽しんではいけないと思っていたのだ。助けられた恩返しとして、自分を律した生活を送るべきだと思っていた。

旭の奏でるギターをもう一度聴きたい。あんなふうに個人的な願望を抱いたのは、事故のあと初めてだった。

旭が云うように償うことと自分を罰することは違う。それこそ、償いながら人生を楽しむことだってできるはずだ。

「……っ」

さっきはどうにか滲む程度で堪えられた涙が溢れてしまった。抱きしめてくれている旭の体を押し返し、袖口で目尻を拭う。

涙は両親を失ったときに涸《か》れ果《は》てたと思っていた。なのに、堪えようとすればするほど次々に涙が溢れてきてしまう。

「深月は意外と泣き虫だったんだな」

「ごめんなさい、泣くつもりじゃ……」

「泣きたいときは泣けばいい。深月は我慢しすぎなんだ」

優しい声音に箍《たが》が外れたようにしゃくり上げてしまう。頭を撫でてくれる手の温かさが、余計に深月の感情を揺さぶるのだった。

「……ん……」

「目が覚めたか？」

「僕、いつの間に……」

　気がつくと、深月は旭に抱かれてベッドで寝ていた。照明も落とされ、カーテンから漏れた淡い外灯の灯りだけが室内を浮かび上がらせている。

「泣き疲れて眠ってたんだよ。すっきりしたか？」

「……お陰様で。すみません、子供みたいに」

「そんなふうに目を擦るとよくない」

「え？」

　涙を拭っていた手を剝がされ、目元に口づけられる。驚きすぎて、涙も一瞬で引っ込んだ。

「――――」

（いまのは何だったんだ……？）

　確かにキスだった気がする。唇が意外と柔らかいことや顎の下にそり残しの髭《ひげ》が残っていたことと
か余計な記憶ばかりが鮮明に残っている。

「すまない、いまのはセクハラだったな」

　驚いている深月に気づき、旭は謝罪を口にした。

「いえ、嫌だったわけじゃなくて、何か恋人同士みたいだなって……あ、いや、恋人がいたことはないので想像ですけどって、僕何云ってるんだろ」

　混乱しているせいで、突拍子もない発言をしてしまう。

「深月はいい男だから、その気になればすぐに恋人だってできる」

「でも、僕なんて好きになる人はいないと思います」

見た目も地味で、楽しい会話もできない。こんなやつとつき合いたいなんて奇特な子がいるとは思えない。それに彼女が欲しいからといって誰かとつき合うのは本末転倒だ。

「何云ってる。自分を卑下するのはよせ。お前にはいいところがたくさんあるだろう」

深月を旭は叱った。

「どういうところですか？」

「見ず知らずの俺を助けてくれたじゃないか。健気《けなげ》で思いやりがあって優しくて、一緒にいるだけで癒やされる――深月にはいいところばっかりだ」

「でも、そんなのただのいい人止まりでしょ？　性的魅力は皆無だし」

旭の言葉がその場限りのものでないことはわかる。彼の褒め言葉が嬉しくないわけではなかったけれど、自虐的なことばかり云ってしまう。

「そんなことはない」

旭が慰めてくれるのは嬉しいが、モテまくっているだろうフェロモンだだ漏れのイケメンに云われても空《むな》しいだけだった。

「だったら、旭さんは僕に恋愛的な魅力を感じます？　僕を抱けますか？」

できないでしょうと自嘲的《じちょうてき》に煽《あお》ると、旭は目を瞠った。

（何云ってるんだ、僕は）

こんなの八つ当たりでしかないとわかっていても、言葉は止まらなかった。

「——抱いていいのか？」

「え？」

予想外なことを云われて困惑するのは深月の番だった。

「命の恩人だから気兼ねしていたんだが、お前がその気なら口説かせてもらう」

「くど……あ、旭さん？」

ずい、と顔が近づいてくる。野性味溢れる面持ちに鋭い眼差し。彼に見つめられると、獲物になったような気分になる。

「深月は俺のことどう思ってる？」

「ど、どうって……」

「俺は深月のことは可愛くて美味そうだって思ってるけど」

「美味そうって意味がわからないんですけど——」

「こういう意味だ」

「!?」

いきなり唇を押し当てられ、深月は目を白黒させた。

唇を優しく啄《ついば》まれ、首の後ろが甘く震える。深月にとって、キスとは唇を合わせるだけのイメージだった。けれど、これはそんな生やさしいものではない。

（唇が食べられてる）

旭は深月の唇を食《は》んだり吸ったりと、美味しそうに堪能している。何が起こっているのかわからず、頭の中が真っ白になった。

「ん、ぁ、んん」

触れている部分はもちろん、全身が甘く痺《しび》れる。生まれて初めて体験する感覚に、自分の存在が不確かになるような不安に駆られる。

怖いのに気持ちいい。やめて欲しいのに、もっとと思う自分もいた。

「――ふはっ」

やがて、永遠にも思える時間が終わった。貪られた唇は麻痺《まひ》したように痺れている。ほんの数秒だったような気もするし、何分も経っているようにも思える。

ぼーっと旭を見上げていたら、旭がにやりと笑った。

「ほらな、やっぱり美味い」

「……っ、あ、旭さん、こういう冗談はあんまり笑えないかな……」

いまのキスは酔っ払いの質《たち》の悪い冗談だろう。真に受けて本気にして泣きを見るのは深月のほうだ。

自己保身のために引き攣った作り笑いを浮かべて何でもないふりを装ってみたけれど、旭は不満げな顔になった。

「いまのじゃ本気が伝わらなかったか？」

「いや、あの、本気って――」

いきなり体が浮き上がった。

「な、なに？」

旭に抱き上げられたのだと気づいたときには、ベッドに横たえられていた。

「まるごと食わせてもらう」

「え？　え？　んむっ」

言葉を奪うかのように、噛みつくように口づけられた。ぱく、と下唇を食まれ驚きに固まっていると、頭の後ろを押さえられ舌を捻《ね》じ込《こ》まれる。

(舌が――)

口の中を舐められているという事実に気が遠くなりそうだった。舌同士が擦れ合う感覚にぞくぞくする。子供欺しではない本気のキスに混乱するしかなかった。

「んん、ん、ん、んー…っ」

口腔をめちゃくちゃに掻き回される。舌を搦《から》め捕《と》られ、吸い上げられることが気持ちいいだなんていまのいままで知らなかった。

キスされているという事実だけでもどうしていいかわからないのに、こんな濃厚な口づけをされて正気ではいられない。もう頭の中はぐちゃぐちゃだった。

「ぅん、ン、んん」

旭は興が乗ったと云わんばかりに、深月の口腔を味わい尽くす。体の内側からぐずぐずに溶けていってしまうような錯覚を感じ、旭の体にしがみつく。

キスが続く中、カットソーの裾《すそ》から忍び込んできた手が深月の肌を撫でる。肉厚で熱い手の平の感触が心地いい。

「んっ」

胸の尖《とが》りに指先が触れた。旭は見つけたそこを指で丸く撫で、押し潰す。膨らみなどないのに周りの肉ごと捏《こ》ねるように弄られているうちに、どんどん敏感になってくる。

（どうして、そんなところが感じるんだ……？）

女の子じゃないのにと思いながらも、鼻に吐息が抜けていく。

「んん、ン、ふっ……ぁん！」

唇が解けた瞬間、乳首を強く摘《つま》み上げられ一際《ひときわ》高い声が出た。恥ずかしさで咄嗟に口を手で塞ぐ。

「ここ好きみたいだな」

「し、知りません、初めてだから……あっ!?」

旭はカットソーを捲り上げ、胸元に顔を寄せた。乳首を舐められ、また上擦った声が出る。旭はそこを吸い上げ、舌で転がし、甘噛みする。

「あ、あ、んん、あ……っ」

これまで意識なんてしていなかった場所が腫れぼったく、鋭敏になっていくのが自分でもわかった。

「あっ、や、噛まないで……っあ！」

噛まないでと云ったのに、もう一方の尖りにも歯を立てられた。下腹部が熱くなる。下着の中で自身が張り詰めていくのがわかった。

「あっ、ダメ、ぁん、んんっ」

「ダメなのにこんなになってるのか？」

「……っ!?」

ズボンの上から股間を撫でられながら揶揄《やゆ》される。反射的に足を閉じたけれど、下着の中に手を差し込まれてしまった。

「や!?」

昂った性器を他人に触れられる感触に息を呑む。すでに反応しているそこを刺激され、ますます硬く強張《こわば》った。

あの美しい音色を爪弾く指が、いまは自分の昂りに絡みついている。その事実だけで体が熱くなるのに、深月を高めようと握り込んだものをやんわりと扱き始めた。

「あ、あ、あ……っ」

大きくて長い指は器用に深月を追い立てる。裏側を擦られるのも、先端を指先で抉《えぐ》られるのも気持ちよくて堪らない。

「ひぁ、あっ、あ、あ！」

「濡れてきた。このままじゃ苦しいだろう」

「え……？　うわっ」

ズボンも下着も呆気なく足から引き抜かれる。兆して充血した自身を人に見られ、羞恥に全身が熱くなった。

「いや……！」

手で隠そうとしたけれど、両手を握られベッドに押しつけられた。

「ダメだ、見せて」

抱けるかと迫ったのは深月のほうだったのに、覚悟なんて微塵もできていなかったことを思い知る。

旭は深月の手の自由を奪った状態で、腹部にキスを落としてくる。腹部の皮膚を吸い上げながら唇が下りていった。

「旭さん……!?」

止める間もなく、性器をまるごと口に含まれる。熱く濡れた感触に包まれ、全身の血液が沸騰したみたいに熱くなった。

「やだ、そんなの汚い、や、あ、あ……っ」

いまさらシャワーを浴びていなかったことを思い出して死にたくなる。旭は深月の困惑など気にも留めず、咥《くわ》えたものを音を立てて舐めしゃぶった。

「だめぇ、あっあ、あ……っ」

旭の熱い口の中で溶けていってしまいそうだ。強烈すぎる快感に頭までおかしくなってしまいそうだった。

「いや、も、はなしてくださ……っあ、あ、あ――」

もうこれ以上は堪えられない。こんな状態で終わりを迎えるわけにはいかないと懇願したけれど、許してはもらえなかった。

旭は深月の手を押さえる手に力を入れ、痛いくらいに張り詰めた屹立をキツく吸い上げる。

「――!!」

意志の力で抑えることなどできず、旭の口の中で果ててしまった。解放感で一瞬意識が飛んだけれど、すぐに我に返る。

「ご、ごめんなさ――旭さん!?」

謝ろうとして面食らう。旭は深月が出したものを当たり前のように嚥下《えんげ》している。

「そんなの汚いから出してください……っ」

「みんな普通にしてる」

「そうなんですか!?」

世の常識を教えられて目を瞠る。あんなことをされたあと、平然と顔を合わせていられるものなのだろうか。

自身を舐められて、その上出したものを飲み下されるなんて思ってもみなかった。

「これ借りるぞ」

「え？」

旭が手に取ったのは、枕元にあったハンドクリームだ。アルバイトの水仕事で荒れた手指のためのものだ。

絞り出したそれを握り込むようにして指に広げ、深月の足の間に塗りつけてきた。

「あ、や、何でそんなとこ、んんっ」

「何でって……何も知らないで誘ってきたのか？」

深月の疑問に、旭は怪訝《けげん》な顔をした。

「……すみません、あんまり詳しくなくて……」

はっきり云って、深月のセックスの知識は乏しい。中高の友人は、深月にはあまりそういう話を振ってこなかった。

最低限の保健体育程度の認識はあるけれど、男同士でどうやってやるのか深く考えたことはなかった。

「わかった。今日は初心者向けにしておく」

「初心者向け……？」

旭は問いかけに答えることなく、ベッドの上で深月をころりと転がす。俯《うつぶ》せにされ、足を閉じさせられた。

「もっと強く足を閉じられるか？」

「こう、ですか？」

ぎゅっと膝に力を入れて太股を閉じると、その間にぬるりとした硬くて熱いものが入り込んできた。

「え？　え？　なに？」

何が起こったかわからず困惑したけれど、すぐにぬるぬるとした感触はハンドクリーム、そして、押し込まれたものは旭の昂りだとわかった。

「これなら平気だろう？」

「へ、平気じゃないです」

深月の足の間を行き来する屹立の生々しい感触。自分のものとは比べものにならない大きさのそれを内腿《うちもも》に感じるのは無性《むしょう》に恥ずかしかった。

「可愛いな、深月は」

「や、あ、あ、あ」

旭は突き上げるような動きで腰を打ちつけてくる。尻の狭間《はざま》や自身の根元を熱いもので擦られているうちに、また息が上がっていった。

（そうか、女の子じゃないから……）

女性とは違い、男の体では挿入する場所がない。だから、こうして擬似的な行為をするのだろう。

旭の動きに合わせて、深月の昂りの先端がシーツに擦れる。そのせいで、さっき口でイカされたばかりのそれは、再び張り詰めてしまっていた。

「あっ、あ、あ、旭さん、またいっちゃう」

「少し我慢できるか？」

「できな、あっあ、あ、あっ!?」

突然、旭は穿《うが》つような動きを激しくしてきた。耳元で獣のような荒い呼吸が聞こえる。

「あっあ、あ、待っ……あっ、あ、あ——……っ」

激しく揺さぶられ、追い上げられる。深月が下腹部を震わせて達するのと同時に、旭も終わりを迎えた。

目も眩《くら》むような快感に、深月は意識を手放した。

9

深月が目を覚ますと、もふもふの毛の中に俯せに埋まっていた。

（ベッドが動いてる……？）

深月の体ごとベッドがゆっくりと上下している。状況がわからず、ぼやけた頭をのっそりと上げると、規則正しい寝息を立てている旭の様子が目に入った。

深月が埋まっていたのは、クマになった旭のお腹の上だった。

（昔見たアニメでこういう感じのシーンがあったような……）

ふかふかのお腹の上での昼寝はさぞ心地よいだろうと思っていたけれど、想像以上に夢心地だった。

あまりの気持ちよさに顔を埋めて微睡《まどろ》みかけたけれど、はっと前夜のことを思い出す。

「……ッ」

昨夜の行為が鮮明に蘇り、ぶわっと顔が熱くなった。

（僕は何てことを……）

せっかく旭が誕生日を祝ってくれたのに、初めて飲んだシャンパンで酔っ払い、その勢いで八つ当たりをしてしまった。

あまつさえ抱いてみろと迫ってしまうなんて、どうかしていたとしか云いようがない。旭のフェロモンに当てられたときもそうだが、酩酊すると大胆になる性格なのかもしれない。

じわじわと増してきていた恥ずかしさが限界を超え、叫び出したいほどの居たたまれなさに頭を抱える。

生まれて初めて体験した快感はものすごくて、自分が自分でなくなってしまったかのようだった。体のあちこちに触れられた感覚が残っているし、体の熱さもよく覚えている。

恥ずかしい声も出してしまったし、あられもない反応をしてしまった。熱に浮かされ、とんでもないことを口走ったような記憶もある。

クマの姿とは云え、旭と密着しているのが居たたまれなくなり、彼を起こさないようそろそろとお腹の上から降りる。

最終的に意識を失うまでただひたすらに感じさせられ、乱れきっていた。

体の隅々まで見られ触れられたことも、身も世もなく乱れてしまったことも思い出すだけで恥ずかしさで死にそうになる。

「……あれ？」

最後は意識を失ってしまったはずなのに、ふと体が綺麗になっていることに気がついた。いつ身に着けたかわからないTシャツも着ている。

（もしかして、旭さんが……？）

意識のない間に体を清められ、着替えもさせてもらったようだ。子供のように世話を焼いてもらったかと思うと申し訳なさに恐縮してしまう。

「――――」

自分の発言や行動を反省しているうちに、舞い上がるような高揚感は徐々に落ち着いてきた。

旭はどうして抱いてくれたのだろう――改めて、そんな疑問が脳裏に浮かぶ。

(同情、かな……)

好きだと云ってくれたけれど、あれはリップサービスのようなものだろう。

旭なら数多《あまた》の経験をしているに違いない。経験豊富な大人なら特別な相手でなくても、体を重ねることができるのかもしれない。

逆に深月は抱かれたことで、自分の気持ちを確信してしまった。

まともに恋愛などしてこなかったし、人を好きになる余裕なんてこれまでどこにもなかった。恋に恋しているだけと云われれば否定する材料もない。

だけど、旭のことを考えると胸が苦しくなるし、安らかな寝顔を見ているだけで心が満たされる。

「……どうしたらいいんだろう」

いまは眠っているからいいけれど、目を覚ました旭にどんな顔をすればいいのかわからない。

(調子に乗ってたくさん飲んだのがいけなかったんだ)

いくら飲みやすいからといって、おかわりしてまで飲むべきではなかった。旭だって飲みすぎには気をつけろと注意していたではないか。

「――そうだ」

昨日のことは酒の失敗にして流してもらうしかない。それ以外に上手い云い訳は思いつかなかった。旭だって深月の気持ちが本気だと知ったら、迷惑するに決まっている。一夜の過《あやま》ちにすることが、お互いのためだろう。

いまできることは部屋を片付け、昨日の痕跡をできる限り消すことくらいだ。

まずは旭が眠っているうちにシャワーを浴びてしまおうと立ち上がりかけたそのとき、後ろから腰に手を回された。

「……今日も早いな、深月は」

「旭さん……!?」

寝ぼけた声に振り返ると、旭は人間の姿に戻っていた。

(い、いつの間に……)

クマの姿ならともかく、人間の裸体だとどうしても意識してしまう。

「まだ五時じゃないか。寝てればいいだろう」

「ええと、目が覚めちゃって……」

「ほら、こっちに来い」

旭が上掛けを捲ると、逞しい胸板が目に飛び込んでくる。引き締まった肌の感触を思い出してしまい、心臓がリズムのテンポを上げた。

意識しないよう目を逸らそうとしたそのとき、腕に赤いひっかき傷がついていることに気がついた。

「その傷――」

どうしたんですかと訊こうとして、その原因に思い至る。責め立てられた深月が縋るようにして摑んだせいだ。

「い、いいえ、何でもないです」

「どこに行くんだ？　まだ起きるには早いだろう」

「ええと、シャワーを浴びにいこうかと……わっ」

立ち上がろうとしたところを布団の中に引っ張り込まれた。旭は深月の上に覆い被さり、逃げ場を奪う。

「また卑屈なこと考えてるな」

「……っ」

旭には何もかもお見通しのようだ。ばつの悪さに目を逸らす。

「昨日のことを後悔してるのか？」

「それは――」

そんなもの、しているに決まっている。酔った勢いで無茶なお願いをしてしまったのだから。

昨夜の行為を思い返すと死にそうなくらい恥ずかしいけれど、それ以上に幸せを感じたことも事実だ。だけど、それは深月の自己満足であって旭の気持ちを考えたものではない。

「気持ちよくなかったか？」

「!?　き、気持ちよくはあったんですけど、あんなこと旭さんに無理強いすることじゃなかったなって……」

直裁な質問にぎょっとしつつも、誤解を招かないよう言葉を選ぶ。旭を責めていると思われたくはない。

「お酒のせいだったとしても、云い訳にはなりませんよね……」

「お前が俺を好きだって云ってくれたのはただの酒の勢いで、本心じゃなかったってことか？」

「そういうわけでは……っ」

悲しい顔をした旭の言葉を慌てて否定する。

「酒の勢いだろうが何だろうが、深月の気持ちがわかって嬉しかったし、無理強いなんてされてない。むしろ、据《す》え膳《ぜん》をありがたくいただかせてもらったようなものだろう」

「す、据え膳って……」

「あれだけ好き放題されたんだから、むしろ怒る権利はお前にあるんだぞ」

「そうなんですか？」

確かに想像以上のことはされた。旭との行為で、薄ぼんやりとしていたセックスのイメージは百八十度変わった。

あんなに生々しくて恥ずかしいものだとわかっていたら、酔っていたとしてもねだることなどできなかっただろう。

「つけ入ったのは俺のほうだ。端から見れば、歳上の男が二十歳になりたての子に手を出すなんて犯罪みたいなものだからな」

「旭さんは全然悪くありません！　迫ったのは僕のほうなんですから！」

非を感じて欲しくなくて、必死に云い募《つの》る。もしも深月が十八歳以下だったとしたら問題になっていたかもしれないが、どんなに世間知らずだとしてももう二十歳だ。

自分の責任は自分で取れる。

「逆に俺がどうしてお前を抱いたと思ってるんだ」

「……同情、とか……」

躊躇いがちに告げると、旭は派手に吹き出した。

「同情であんなことするわけないだろう。深月だから、欲しかったんだよ」

「……っ」

深月だから、と云われて心が震える。それでも、諸手《もろて》を挙げて喜べない自分が嫌になる。素直になれないのは、自分に自信がないからだ。

誰かに好かれる価値なんてあるとは思えない。その相手が旭だと思うと尚更だ。

「もう一度訊くぞ。深月は、俺に抱かれて後悔してるか？　なかったことにしたいのか？」

「……いいえ。でも、あの、僕なんかのどこがいいんですか？」

「おい、なんかって云うな」

「す、すみません。でも、本当にわからないんです。僕に取り柄なんて何もないから」

「何云ってる。優しくて思いやりがあって頑張り屋じゃないか。取り柄がないなんてよく云えるな」

「……別に僕は元々優しいわけじゃないんです。助けられた命だから、そうする義務があるだけで」

旭が褒めてくれたことは、深月の生来の美点ではない。

——あなたが生きているのは、たくさんの人のお陰だから感謝して生きていきなさい。

事故のあと、病院から退院するときにそんなことを云われた。誰の言葉だったかは思い出せないけれど、ずっと脳裏にこびりついている。

「義務だから、嫌々俺に優しくしてくれたってことか？」

「いえ、そういうわけではないんですけど……」

本当の自分がどんなだったか、いまでは知りようがない。旭が好ましいと思ってくれたのは、過去に縛られた見せかけの姿だ。

「万が一そうする義務があったとしても、人に優しくしようと思っているのはお前の意志だろう？　云っておくけどな、優しくないやつは他人に優しくするタイミングすらわからないんだよ」

「え、そうなんですか……？」

「どんな境遇だって立派になるやつもいれば身を持ち崩すやつもいる。深月が持ってるのは義務感じゃなくて使命感じゃないのか？」

「使命感――」

「たとえ、義務感からの行動だったとしてもそれの何がいけないんだ？　深月がしてくれたことが嬉しかったし、一緒にいて癒やされた。好きになる理由はそれだけじゃダメか？」

「旭さん……」

薄茶色の瞳にまっすぐ見下ろされ、心が揺らぐ。本当に旭の言葉を真《ま》に受けてしまっていいのだろうか。

「なあ、深月。あとどれだけ云ったら信じられる？　それとも、体に云い聞かせたほうが早いか？」

「はい？」

「もしかして、朝から誘ってたのか？」

「え!?　そんなつもりは――ちょっ、どこ触って!?」

軽口だろうとは思ったが、本気も混じっているようだ。

旭の手が太股を撫で回す。ざわりとした震えが這い上がり、体の奥に残っていた微熱を呼び覚ます。

「察しが悪くてすまなかったな」

「察してもらうようなことは何も……っ、あ、やめ」

「こんな可愛い据え膳、無視できるわけないだろ」

「据え膳って……っひあ！　あ、んんっ」

尻を揉みしだかれ、昨日の行為と感覚が生々しく蘇ってくる。下腹部に疼《うず》くように残っていた熾火《おきび》が呆気なく大きくなっていった。

「本当にやめていいのか？」

あらぬ場所を弄りながら、試すように訊いてくる。

「旭さんの意地悪……っ」

「可愛い子は虐《いじ》めたくなるんだよ」

深月が涙目で詰《なじ》ると、旭はそう嘯《うそぶ》く。唇を塞がれ、苦情すら云えなくなった。


旭は昨日が初めてだった深月に容赦がなかった。大学の講義がなければ、あのまま一日中離してもらえなかったかもしれない。

時間ぎりぎりまでベッドから出してもらえなかった。昨日と今日、散々貪り尽くされた唇は腫れぼったくなっているような気がする。

シャワーも浴び、きちんと身支度は調《ととの》えたけれど、気恥ずかしさからまともに旭の顔が見られない。

「それじゃ、行ってきます」

背中を向けたままそう告げる。

「深月、忘れ物」

「え？」

反射的に振り返ると同時に、腰を抱き寄せられて体が密着した。何を忘れているか聞こうとした口を塞がれた瞬間、それが出任せだったのだと気づいた。

「んっ、んん、ん、んー……っ」

捻じ込まれた舌が口腔を傍若無人《ぼうじゃくぶじん》に探る。ぞくぞくとした甘い震えが全身を支配する。拳で旭の背中を叩《たた》いて抗議するけれど、離してはもらえなかった。

濃厚に絡む舌の感触に力が抜けていくけれど、理性をフル動員させて旭を引き剝がした。

「もうダメですってば！」

ようやく解放されたときには、深月の下半身は反応しかけていたが、必死に気づかないふりをする。

「いってらっしゃいのキスくらいいいだろう」

「長すぎます！」

こういうのは困ると云っておきたかったけれど、もう時間がない。後ろ髪を引かれる思いで部屋をあとにした。

（旭さんの絶倫……！）

よろよろと大学への道のりを歩きながら心の中で旭を詰る。これまで日常生活で一度も使ったことのない単語だけれど、多分使用方法は正しいと思う。

旭が過剰に接してくるのは、深月の自信のなさのせいもあるかもしれない。不安を感じる余裕をなくそうとしてくれているのだろう。

そうだとしたら、旭の気持ちはありがたいけれど、時と場合と加減を考えてもらいたい。

「ん……？」

駅前を通り過ぎようとしたそのとき、普段とは違う雰囲気を感じた。

「すみません、この人を見かけたことはありませんか？」

その声がしたほうを振り返った深月は、人捜しをしている人物の風体に思わず息を呑んだ。

整った顔立ちに、燃えるような赤い髪。――きっと、彼が旭の従弟の樹《たつき》だ。

「どうしてこんなところに――」

疑問の答えにはすぐに思い至った。旭は昨日、路上ライブをしたと云っていた。その様子を誰かがＳＮＳにでも載せたのかもしれない。

旭の行方を捜しているなら、インターネット上でも定期的に検索をしていてもおかしくはない。写真が上がっていたなら、場所の特定は容易なはずだ。

（あの人に見つからないようにしないと）

深月は嘘をつくのが苦手だ。彼に詰め寄られたら、動揺してしまうに決まっている。

回り道をしようとしたけれど、焦るあまり段差に躓《つまず》き、転んでしまった。

（目立ってどうする……！）

こんなとき、鈍臭い自分が嫌になる。急いで立ち上がり、汚れた膝を叩いてから去ろうとしたけれど、樹は深月にターゲットを定めてずんずんと近づいてきた。

「おい、あんた！」

「な、何ですか？」

何気なさを装おうとしたけれど、緊張のあまり声が裏返ってしまった。

「いま、俺から逃げようとしただろう」

「そんなことしてません。大学に遅れそうだから、急いでただけです」

「嘘をつくな」

いきなり腕を摑まれる。

「ちょ、放して下さい！」

「あんた、何か知ってるんだろう」

くんくんと髪や体の匂いを嗅がれ、体を引いた。

「何してるんですか!?　やめて下さい！」

深月の匂いを嗅ぎ終えた樹は、じっと顔を見据えて告げてきた。

「旭とヤったな」

「……！　な、な、な、何を云って……っ」

いきなり真実を云い当てられ、反射的に顔が熱くなる。周囲の人たちに聞こえていないだろうかと心配になり、あたりを見回してしまう。

（何でわかったんだろう…）

見た目はいつもと何ら変わりはないはずだ。

「惚《とぼ》けても無駄だ。俺は鼻がいいんだ。そんなに旭の匂いぷんぷんさせて、隠そうとしたってお見通しなんだよ」

「……本当に何のことかわかりません」

彼も旭と同じようにクマに変化できる一人だと云っていたことを思い出す。人よりも嗅覚が鋭いタイプなのかもしれない。

「そうだ、あんたが餌《えさ》ならあいつも出てくるかもな。ここは目立つ、移動するぞ」

「え？　痛っ、は、放してください……！」

周囲からの訝《いぶか》しげな視線に気づいたのか、樹は深月の腕を掴んで強引に引っ張っていく。振り払うことができないほどの強い力だった。

「旭の居場所を吐いたら解放してやる」

「あなたには教えられません……！」

何をされたとしても、旭のことを教えるつもりはなかった。冷静に話し合えるのならともかく、あんな大怪我をするほどの争いになるとわかっている以上、絶対に口は割れない。

「だったら、逃がすわけにはいかないな。あんたはようやく見つけた手がかりだ」

「僕は大学に行かないと……っ」

「一日くらいサボったって死にゃしねーよ。大人しくついてこい」

「だ、誰か――」

叫ぼうとした瞬間、樹は足をぴたりと止めて、深月に顔を近づけた。

「あんたさ、あいつと寝たってことは俺らの正体は知ってるんだろ？」

「……っ」

どう答えるべきか逡巡《しゅんじゅん》してしまう。しかし、黙り込んだということは肯定しているも同然だ。

「やっぱりな。だったら、俺に逆らわないほうがいいこともわかるよな？」

「――――」

樹の脅しに唇を噛み締める。隙を見て逃げ出すにしても、いまは大人しくしておくのが賢明だろう。

深月はそのまま人気のない路地裏へと連れて行かれた。

飲み屋街の裏手は、この時間まったく人の気配がない。少々騒いだところで、誰も駆けつけてはくれないだろう。

「さて、どうするかな」

深月を引っ張ってきておいて、このあとのことは何も考えていなかったらしい。

強引ではあるが、少なくとも逆らわなければ無闇に危害を加えるつもりはなさそうだ。

（説得できないかな……）

深月が話したところで考えを変えるとは思えない。だが、もう少し穏便にことを進めてもらうことはできないだろうか。

「あの……樹さん、ですよね？」

そう問いかけると、樹は少し驚いた顔をした。

「旭から俺のことを聞いてるのか。ずいぶん信頼されてるんだな。まあ、自己紹介の手間が省けたか。で、あんたの名前は何て云うんだ？」

「小鳥遊深月です」

渋々自己紹介をする。

「深月、旭に連絡しろ」

「どうやって？」

唐突にそう云われても困る。家にいる旭に連絡を取る手段が思いつかない。引き返せばすぐだけれど、そうなると樹がついてきてしまう。

「あんた、俺をバカにしてるのか。スマホくらい持ってんだろ」

「持ってますけど、旭さんの連絡先を知らないので……」

「この期《ご》に及んで惚ける気か？」

「いえ、本当にわからないんです。旭さんとはわざわざスマホで連絡を取り合う必要性がなかったので……」

大学でできた友達は中川だけだから、誰かと連絡先を交換するということに思い至らなかった。旭とは家に戻れば話ができるため、その必要性もなかったのだ。

スマホを手渡して自分の目で確認してもらうと、樹は苛立《いらだ》った様子で舌打ちをする。

「ちっ、使えねえな」

「樹さんは知らないんですか？」

「俺には教えてくれなかったんだよ」

彼のしつこさを考えたら、連絡先を教えなかった旭の判断は正しいと云える。

「樹さん。もう少しだけ旭さんを放っておいてあげてくれませんか？」

深月の言葉になど彼が耳を傾けるとは思えなかったけれど、云わずにはいられなかった。

「バカなことを云うな。もう待てない。あいつには赤熊の当主になる義務があるんだからな」

「旭さんが無責任な人じゃないってことは、あなたも知ってるんでしょう？　どうしてそんなに焦ってるんですか？」

「物事にはタイムリミットってものがあるんだよ！　あんた、旭からどこまで聞いてる？」

樹は苛立った様子で地面をつま先で叩いている。

「赤熊族って一族だってことは……」

「俺たち世代には、血を繋いでいく義務がある。病気の祖父《じい》さんがあの世に行く前に、あいつに当主を継がせたいんだ」

「えっ、ご病気なんですか？」

思わぬ情報にドキリとした。

「先月倒れてからずっと寝込んでる。俺には詳しいことを教えてくれないが、年明けまで持たないって話してるのを聞いた」

樹が焦る理由が判明した。

「そんな——そのことを旭さんは知ってるんですか？」

「連絡先もわからないのに、伝えようがあるか！　一族のやつらはわざわざ云わなくていいって隠そうとするし、俺がどうにかするしかないだろ!?　里の一大事だっていうのに、勝手な都合で帰れないなんて寝言云いやがって」

「じゃあ、旭さんはお祖父さんのことを知ってて……？」

「いや、そのことは伝えそびれた」

「は？」

「頭に血が上ってて、上手く話ができなかった」

「もしかして、何の話もせずに無理やり連れ帰ろうとしたんですか？」

「し、仕方ないだろ！　口であれこれ云うのは苦手なんだよ！　俺だって、相当痛い目に遭ったんだからな」

「だとしても、暴力はよくないでしょ！　家族なら尚更きちんと話し合うべきじゃないんですか？」

「無関係のあんたに何がわかる！　旭とちょっと寝たくらいでデカい顔すんじゃねーよ！」

「そんなつもりは……」

「旭がモテるのはわかってるよな？　あの通り顔も体もいいし、優しくてマメでモテないわけがないんだ。昔から恋人を連れてないのは神無月のときくらいだったし」

「旭さんが不誠実だって云いたいんですか？」

「不誠実ってわけじゃない。むしろ、その逆だよ。誰にでも優しいから相手から云い寄られてあとで振られるの繰り返し。引き留めも追いかけもしないから、別れたあとストーカーされたり大変だった」

（……想像がつく）

　好きな気持ちがなくなったわけでもないのに別れを切り出すのは、引き留めて欲しいからだ。試すような行為は褒められたことではないけれど、旭の恋人たちは愛されている確信が欲しかったのだろう。

「あいつと一緒にいて好きにならないほうがおかしいんだよ。だから、俺は早く身を固めて欲しいんだ。責任感だけはあるからな、所帯を持てば落ち着くはずだ」

「所帯……」

　確かに旭ならいい夫、いい父親になるだろう。――旭が自分の責任を果たすということは、深月の前を去るということだ。

「悪いことは云わない。お前は本気なのかもしれないが、早いうちに引いておいたほうが身のためだぞ。無駄に傷つくことになる」

「――――」

「しかし、こんな何の取り柄もなさそうな男のガキのどこがいいんだ？」

「何の取り柄もなさそうな……」

自分でも気にしてることをぐさりと突かれてショックを受ける。昨日、二十歳になったばかりの世間知らずだという自覚はあるけれど、初対面の失礼な男に云われたくはない。

しげしげと深月を不躾《ぶしつけ》に眺めていた樹は、ふと表情を曇らせた。

「……ちょっと待て。まさか、あいつの探してた子供ってお前か？」

「はい？」

「お前、生まれはどこだ」

「と、東京ですけど……」

がしっと両肩を摑まれて詰め寄られ、思わず素直に答えてしまう。

「昔、N県に住んでなかったか？」

「住んでましたけど……」

「もっとガキの頃、事故に遭ってないか？　その事故で親を亡くしてるだろ」

「ちょっと待って下さい、何で知ってるんですか!?」

ごく個人的なことばかりを云い当てられ、ざわりと鳥肌が立った。いくら嗅覚が鋭くて勘がよくても、そんな過去のことを見抜けるはずがない。

「やっぱりな。旭がこんなただのガキに執着するわけねーもんな」

樹は一人で納得しているが、深月にはわけがわからなかった。

「どういうことなんですか？」

「何がだよ」

「僕、事故のときの記憶がないんです。旭さんが何か関係してるんですか？」

思い切って疑問をぶつける。旭と関わりがあることはすでに見抜かれているのだから、しらばっくれていても仕方がない。

それよりは彼が何を知っているのか知りたかった。

「覚えてないならそのほうがいいんじゃないか？」

「……どういう意味ですか？」

「旭はな、あの事故の現場でお前の両親を見殺しにしたんだよ」

「――!?」

頭をガツンと殴られたようなショックを受ける。一体どういうことなのかと問い返す余裕もなかった。

「お前のことを助けたのも行方を探してたのも、お前があいつの正体に気づいてないか確認するためだったのかもな。もしそうなら、口封じをするつもりだったとか？」

「で、でも――」

「そりゃ嫌いなやつに手ぇ出したりしないだろ。けど、助けた思い入れがなかったとしてもお前に興味を持ったと思うか？　あいつがお前に優しいのは、罪悪感があったからじゃねーの？」

「――――」

樹の言葉を否定する材料が何も見つからない。血の気が引いていく中、頭の中で樹の言葉を反芻《はんすう》する。見殺し、罪悪感、不穏な響きが脳内を支配し、深月を動揺させた。

「……っ」

ズキリ、と頭が刺すよう痛む。その瞬間、記憶の奥底に押し込められていた場面がフラッシュバックした。

降りしきる雨、凍えるような寒さ、血の味。

温かな腕に抱かれ、そう問い返された覚えがある。あの人はもしかして――。

――寒くないか？

「何をしてるんだ、樹」

背後から冷ややかな声がする。振り返ると、弁当の袋を手にした旭が仁王立ちしていた。

持って出たつもりのランチトートがないことに、いま初めて気がついた。深月が忘れていったのを届けるために追いかけてきてくれたのだろう。

「おっと、正義のヒーロー登場だ。こいつの匂いを追ってきたのか？　これから呼び出そうと思ってたのに手間が省けた」

「用があるのは俺だろう。深月を傷つけたりしたら、いくらお前でも許さない」

旭は殺気立っている。

「別に傷つけるつもりなんてないって。お前が見つかりゃそれでいいんだよ。一緒に来てもらうぞ。菫《すみれ》も待ってる」

「俺はまだ帰れない」

「探してたガキってこいつのことだろ？　もう目的は果たしたはずだ。あとは義務を果たせ」

「黙れ、樹……！」

樹の発言に旭は血相を変えた。

「ああ、昔のことは隠してたんだっけ？　ごまかそうとしても無駄だぞ。もう事故のときのことは話しちまったからな」

「何だと……お前、深月に何を吹き込んだんだ」

「事実だよ。事実以外、俺は何も云ってねーからな」

旭は動揺した様子で深月を振り返る。

「深月、樹から何を聞いた……？」

「旭さん、あの事故現場にいたって本当ですか？」

問いかけに、旭は小さく息を呑む。

「——ああ、樹の云うとおりだ」

「本当、なんですね……」

旭の後悔や罪悪感に満ちた表情が全てを物語っていた。

ぐらぐらと視界が揺れる。

「お前に話さなかったのには事情があるんだ。いつかゆっくり話をしようと――」

「どうして両親を助けてくれなかったんですか？　もしかしたら、二人は生きててくれたかもしれないのに……！」

「すまない、深月」

「……っ、触らないで下さい！」

伸びてきた旭の手を反射的に払ってしまった。

「深月――」

どんな云い訳も聞きたくなかったし、傷ついた顔をしている旭の顔も見ていられなかった。

混乱に陥った深月はその場から走って逃げ出した。


旭たちの前から逃げ出した深月は、行き先も決めずに電車に飛び乗り、当て所もなく揺られ続けた。

「何やってんだろ……」

学校をサボったのは生まれて初めてのことだ。罪悪感と焦燥感はあるけれど、いまから講義に向かう気力は残っていなかった。

また逃げてしまった。

失うのが怖い――人恋しくて寂しがり屋のくせに、人に対して無意識に壁を作ってしまうのはそんな気持ちが拭えないからだ。

悲しくて苦しいのに、ぐう、とお腹が鳴る。

旭に作ってもらった弁当を持ってくればよかったと一瞬後悔した自分に苦笑する。その弾みで涙が一粒ぽろりと零れ落ちた。

10

終電が近くなり、意を決して帰った部屋には灯りはついていなかった。

旭の荷物は綺麗になくなっていた。残っていたのはお金の入った封筒と世話になったという書き置き、そして、深月が好きだと云ったきんぴらごぼうの作り置きだけだった。旭の思いやりが垣間見え、余計に辛くなった。

彼が自分の前から去ることは、初めからわかっていたことだ。そうとわかっていて先に逃げ出したのは自分なのだから、ショックを受けるのはお門違いだろう。

どうして、両親を助けてくれなかったのだろう。

やはり、旭が抱いてくれたのは憐れな子供に対する同情だったのか。

色んな感情でぐちゃぐちゃになる。あれから大学にもバイトにも行く気力が湧かず、ベッドで丸まって過ごした。

中川や加藤が心配して様子を見にきてくれたけれど、合わせる顔もなくその度に帰ってくれという他なかった。

「――――」

部屋に籠もっていても、旭のことを思い出すだけだった。ベッドにキッチン、バスルーム。あちこちに彼の気配が残っている。

旭と過ごすうちに、楽しい思い出を反芻することが辛いということを忘れていた。

それでも、他に行くところなどなく鬱々《うつうつ》と過ごす日々。最初のうちは心配した人たちから何通もメッセージが届いていたけれど、この数日は静かなものだ。

（もう愛想を尽かされてるだろうな……）

心配している相手から何の音沙汰もなければ、連絡もしにくくなる。

ピロン、と受信を知らせる音がした。

中川からのメッセージだった。深月の体調を窺うような文面がないのは気遣いだろう。

『今日のギタリスト、オススメだから聞きに来いよ』

「……行ってみようかな」

いつまでもこうして引き籠もっていてもどうしようもない。

食事をしないと生きてはいけないし、そのためには生活費を稼がなくてはならない。大学だって亡き両親たちのお陰で通えているのだから、サボるなんて以ての外だ。

いい加減、前を向かなくては。

深月は重たい体を起こし、締めっぱなしだったカーテンを一週間ぶりに開けた。

深月は身支度を調え、バー〈レイジー〉へと向かった。食事も億劫であまり取らなかったせいで、ズボンのウエストが緩くなってしまっている。

「いらっしゃいませ」

「……こんばんは」

「小鳥遊！　来てくれたんだな」

「うん……」

久しぶりに顔を合わせた中川は、いつもと同じ笑顔を向けてくれた。

「お前、ずいぶん痩せたな。ちゃんと食べてるか？」

「今週はあんまり……」

「今日はハッシュドビーフがあるんだ。あとで出してやるけど、まずはこれ。俺からの奢《おご》り」

目の前に出されたのは、ほんのりとしたグリーンのカクテルだった。

「何？　今日はお酒を飲む気分じゃ……」

「アルコール控えめだから、酔っ払うことはないと思う。実は新しいカクテルの試作品なんだ。飲んで感想を聞かせてもらえないかな」

「……それじゃあ、お言葉に甘えて」

あまり固辞し続けるのもよくないと思い、厚意を受け取ることにした。

「ジンベースでライムと柚《ゆず》が入ってる。アルコールも控えめだし、さっぱりした甘さだから飲みやすいと思うんだけど」

「美味しい。柑橘系と隠し味のミントの香りが爽やかでいいね」

「マスターから合格をもらえたら、レギュラーメニューにしてもらえるんだ」

「僕でも飲みやすいから、アルコール初心者に人気出るんじゃないかな」

「そう云ってもらえると自信出るな。もうちょっとしたら、次のステージ始まるから」

カクテルを飲んでいるとやがて、ギタリストの演奏が始まる。軽やかで美しい旋律はそれなりに心地いい。だが、旭の奏でる音色のように心に響いてくるものではなかった。

　これは技巧や才能ではなく、相性があるのかもしれない。それぞれ、人によって合う波長が違うのだろう。

「旭さんとはタイプが違うけど、彼も上手いだろ？」

「そうだね」

「……なあ、小鳥遊。何があったか無理に聞き出す気はないけど、話したいことがあったら聞くからな」

「ありがと。でも、自分でも何がショックだったのかよくわからないんだ」

「どういうことだ？」

「好きな人がいたんだ。その人も僕に優しくしてくれるから、同じ気持ちなんじゃないかって浮かれてたんだよね。だけど、その人は僕のことが好きなわけじゃなかったんだ。特別扱いをしてくれたのは、他に理由があったみたい」

「理由？」

「詳しくは云えないんだけど、僕の両親が亡くなったときの事故に関わりがあるみたい」

　中川には事故のことは軽く話してある。他の誰かから噂《うわさ》で耳にするよりも自分から話しておきたいと思い、親しくなったときに伝えておいた。

「関わりって、事故の目撃者だったってことか？」

「そういうわけじゃないんだけど、救助に関わってたみたい」

　多分、あの夜に深月を助けてくれたのは旭だ。まだ記憶は曖昧《あいまい》だけれど、クマになった旭の毛並みの感触や匂いに覚えがあるような気がしたのはそのせいだろう。

「どういう状況だったのかはわからないけど、その人なら僕の両親を助けられたかもしれないんだって。その人は僕を助けてくれたことも、事故のこともずっと秘密にしてたんだ。負い目がなかったら、隠すことないよね？」

「どうだろうな、小鳥遊は事故のときのことを覚えてなかったんだろう？　だったら、わざわざ辛い記憶を思い出させたくないと思ってもおかしくないんじゃないか？」

「そう…だったのかな」

「小鳥遊はさ、事故のことを隠されてたのも辛かったんだろうけど、相手の人が思っていたような気持ちじゃなかったことがショックだったんじゃないか？　つまり、失恋したんだよ」

「失恋――」

想定していなかった単語に、ガンと頭を殴られた。まさか失恋のショックだったのかと呆然とする。

「それにさ、事故のときのことはまだ詳しくわかってないんだろう？　色々考える前に、どんな状況だったか調べてみてもいいんじゃないか？」

「事故のことを？」

「地元に行けば当時のことを覚えてる人がいるだろうし、地方紙のバックナンバーなら事故の詳細が書いてあるかもしれないじゃん」

自分で事故のときのことを調べるなんて、これまで思いつきもしなかった。ずっと避け続けてきたのは、忘れた記憶が蘇るのが怖かったからだ。

「それにさ、その好きな人と話し合ってないだろ？　どういう事情だったかちゃんと聞いたのか？」

「……聞いてない」

中川の云うとおり、旭の言葉をきちんと聞いていない。樹の言葉を真に受けて、逃げ出しただけだ。

「一つの出来事にだって、色んな側面があると思うんだよな。このグラスだって横から見るのと上から見るのとじゃ形が違うし」

「見え方が違う……」

いままで辛いことを思い出さないよう、事故のことは耳に入れないようにしてきた。けれど、事実に向き合うべきなのかもしれない。

「僕、事故のこと調べてみる」

旭の手を払ってしまったあの日以来、初めてまともに顔を上げた。

「いつでも話は聞くからな」

「……中川と友達になれてよかった」

「い、いきなり何だよ、恥ずかしいこと云い出して！　褒めても何も出ないからな」

素直な気持ちを告げたら、中川は真っ赤になってしまった。優しいくせにストレートに褒められるのは苦手らしい。

「けど、講義のノートは取っておくから任せとけ」

そう背中を押してくれる中川の笑顔は頼もしかった。

11

「意外と近いんだな……」

大学やバイトに都合をつけて向かったのは、昔、両親と共に住んでいた土地だ。

玄関口は新幹線で二時間弱の地方都市。深月が住んでいた町は、ここから山のほうへ電車と車で一時間ちょっとといったところだろうか。

在来線でしばらく行くと、ターミナル駅の賑やかさが嘘のように長閑《のどか》な景色になる。閑散とした駅を降り、持参した地図を確認した。

昔住んでいた家に向かう前に、当時世話になった人を訪ねるつもりだった。事前に調べておいたのだが、当時の深月の主治医はいまは小さな診療所を営んでいるらしい。

『沢村《さわむら》医院』と書かれた看板を見つけて入り口へと駆け寄ったが、休診の札がかかっていた。

「今日は日曜日だもんな……」

よく見ると、札の下部に急患の場合は裏へお回り下さいと書かれている。自宅を兼ねた建物になっているようだ。

矢印に従って、自宅の玄関へと向かう。こぢんまりとした庭に人の気配があったため声をかけてみることにした。

「あの、ごめんください」

「はいはい、どちらさまですか？」

好好爺《こうこうや》然とした風貌の男性が立ち上がった。首にタオルをかけ、手にはスコップを持っているところを見ると、庭いじりの最中だったのだろう。

頭に白いものが増えているけれど、優しい面差しは変わっていない。込み上げてきた懐かしさにぐっと胸が詰まった。

「……失礼ですが、沢村先生ですよね？」

「ええ、そうですが」

あれからもう十年以上経つ。彼が深月のことを覚えているとは限らないが、一縷《いちる》の望みをかけて名前を名乗る。

「僕、深月です。小鳥遊……葛井《くずい》深月です。昔、先生に診《み》てもらってたんですが、覚えてらっしゃいませんか？」

葛井は父方の苗字だ。旧姓を告げると、沢村はぱっと顔を輝かせた。

「深月くん？　いやいや、これは見違えたな！」

最初は訝しげな顔をしていた沢村だったが、すぐに思い出してくれたようでほっとした。庭の裏戸を開けて、近くまで来てくれる。

「ご無沙汰してます。お元気でしたか？」

「このとおり、ピンピンしてるよ。深月くんはずいぶん立派になって。今年でいくつになったかね？」

「二十歳になりました」

「そうかそうか。もう二十歳か。わざわざ立ち寄ってくれて嬉しいよ。もしかして、こちらに帰ってきたのかい？」

深月を見つめる目が潤《うる》んでいる。忘れられていることも覚悟していたため、歓迎してもらえて嬉しかった。

「いえ、いまは東京で大学に通っているんです」

「それじゃあ、旅行の途中かな？」

「……あの事故のことを知っておきたくて、帰ってきたんです」

助けられた深月を診てくれたのも沢村だ。彼なら何か知っているはずだ。

深月の言葉に、沢村は神妙な顔つきになった。

「――そうか。立ち話も何だ。ウチに上がっていきなさい」

目の前に置かれたコーヒーから、柔らかで芳醇《ほうじゅん》な香りが立ち上る。

「深月くんにコーヒーを出す日が来るなんて思わなかったわ」

コーヒーを煎《い》れてくれたのは、沢村の妻の奈緒子《なおこ》だ。看護師だった彼女もまた幼い深月を可愛がってくれた一人だ。

「よくリンゴジュースを飲ませてもらいましたよね」

「本当に懐かしいわねえ。元気そうで何よりだわ」

「お陰様で」

「今日はどうするの？　泊まるところは決めてある？」

「どうなってるかわからないんですけど、昔住んでた山荘に行こうかと」

　建物がどうなっているかわからないけれど、あそこは深月の所有のままだ。父の従弟夫婦からあの山荘の鍵を渡されたのは、大学に合格したことを報告しに行った日のことだった。

　深月が暮らすこともないだろうから処分も考えたが、思い出のあるであろう場所を残しておくことにしたらしい。

「一人で大丈夫？　電気も止まってるんじゃない？」

「寝るだけならどうにかなるかと思って。懐中電灯とかは持ってきました」

「あのへんのお宅は井戸から水道を引いてるからお水は出ると思うわ。困ったことがあったら、ウチにいらっしゃいね。このとおり、年寄りの二人暮らしだから部屋も余ってるしね」

「ありがとうございます。一晩寝るのも厳しいようならお願いさせてもらいますね」

　書斎に行っていた沢村が新聞のスクラップブックを手に戻ってきた。

「お待たせしたね。これが事故の記事だ」

沢村が開いて見せてくれたのは、地方紙の一面に載った土砂崩れの記事だった。親子の乗った車が巻き込まれ、崖に転落したことがキャプションに書かれている。

（こんなに凄い土砂崩れだったんだ……）

上空から撮られたと思《おぼ》しき事故現場の写真に息を呑む。木々も一緒に押し流されたらしく、ざっくりと削り取られた茶色と黒の山肌が露出していた。

崖下に見える黄色いものは、車の一部だろう。落ちていく最中、ドアが外れて引っかかったらしい。

ページをめくると、深月が助け出されたときの写真もあった。葛井みずきくん五歳と書かれている。ひらがなにするなら〝みづき〟なのだが、情報が錯綜《さくそう》していて確認が漏れたのだろう。

「君は事故のあと記憶が一部欠如していたが、まだ何も思い出せないのかい？」

「いえ、少しだけ思い出しました。雨が降ってたこととか、体が濡れて寒かったこととか――」

温かな毛並みに抱かれていたこと。そして、大丈夫だ、頑張れ、とずっと誰かが声をかけてくれていた。だけど、その前後のことまではわからない。

「君が発作を起こしたから連れていくと電話があったのは、夜の九時頃だったか。あの日は激しい嵐でな。車でも外出は危険なほどだった」

「多分、僕の発作が酷すぎたんだと思います」

吸入器を使っても治まりきらないことがよくあった。爪の先まで白くなり、胸がへこむほどの激しい呼吸が続くのは、意識を失ったほうが楽だと思えるほど苦しいものだった。

「悩んだ末の決断だったんだろう。それがいくら待ってもやってこない。そうこうしているうちに、山のほうで土砂崩れがあったと一報が入ったんだ。どうやら車が一台巻き込まれたと聞いて——取り越し苦労であって欲しいと思ったが、君たちの車だった」

「………」

「救助に行くにも、嵐が酷すぎた。救助隊は夜のうちに編制されて、夜明けと共に現場へと向かったんだ。私も近くで待機することになったが、現場は想像以上に酷かった。大破した車は半分土砂に埋まっていて、すぐに引き上げられるような状態じゃなかった」

　沢村の表情から、当時の苦労が忍ばれる。

「あの……事故が起きた時点で、両親は生きていたと思いますか？　救助が早かったら助けられた可能性はありましたか？」

「いや、ほぼ即死だっただろうな……。もし生きていたとしても、ほとんど意識はなかったんじゃないかな。少なくとも長く苦しむことはなかったはずだ。すぐに救助に行けていたとしても、二人を助けることは無理だったと思うよ」

「即死……」

　樹は旭が両親を『見殺しにした』と云っていたが、沢村の証言と矛盾する。彼の云ったことは出鱈《でたら》目《め》だったのでは。

（僕は何てことを――）

樹の言葉にショックを受け、旭の言葉をよく聞きもせず彼の手を振り払ってしまった。

「むしろ、君が軽症だったことが奇跡的なんだ。覚えてないだろうけど、僕たちが見つけたときは雨の当たらない岩陰にいたんだよ。自分であそこまで移動したなんて偉かったなあ」

「岩陰……？」

そのとき、記憶がふっと蘇った。もふもふしたものに包まれて、岩陰から止まない雨を見ていた記憶がある。

「怪我も思ったほど酷くなくて、あの雨の中低体温症にもならずによく頑張ってくれていたよ。君のご両親が守ってくれてたんだな」

しみじみと語る沢村の言葉を心の中で否定する。そこまで連れていってくれたのは、他でもない旭だろう。

（……旭さんが守ってくれてたんだ）

あの嵐の中、深月を抱きしめて一晩共に過ごしてくれたのだ。鼻の奥が熱くなり、目頭《めがしら》が熱くなる。

深月は込み上げてきた涙をシャツの袖で拭った。

「お話を聞かせてくれてありがとうございました」

「大丈夫かい？　君には辛い思い出だっただろう？」

「そうですね。でも、お話聞けてよかったです。それじゃあ、そろそろお暇《いとま》しますね」

沢村や奈緒子から懐かしい話をたくさん聞かせてもらった。もっと色んなことを教えてもらいたい気持ちはあったけれど、遅くなると日が暮れてしまう。

「もう少しゆっくりしていったら？」

「山荘の掃除もしようと思ってて。多分、家の中は埃《ほこり》だらけでしょうから。帰るときにまたご挨拶に寄ってもいいですか？」

「もちろんよ。深月くんならいつでも大歓迎」

「あ、そうだ。事故現場の詳しい場所を教えてもらえませんか？　お花を供《そな》えに行きたいので」

「そうか。君は行ったことがなかったか」

「以前は近づく気にもなれませんでしたが、いまなら行ける気がするんです」

「そうか」

持参した地図に印をつけてもらう。こうして見ると、深月が幼い頃過ごした山荘からはすぐ近くだということがわかる。

「あ、そうだ！　深月くん、ちょっと待ってて！」

「はい？」

沢村の道案内を聞いていたら、奈緒子が何かを思い出した様子で奥へと引っ込んでいった。

やがて、奈緒子が持ってきたのは、色あせた包装紙に包まれた小さな箱のようなものだった。

「ずっと渡しそびれてたの」

「僕にですか？」

「これはね、深月くんへのご両親からの誕生日プレゼント。十五年も遅くなっちゃってごめんなさい」

「どういうことですか……？」

「ご両親に頼まれてたのよ。街のほうまでいかないと手に入らないから、代理で買っておいてくれって。おもちゃ屋さんで働いている友達にお願いして取り寄せてもらってたの」

あの事故が起きたせいで、深月に渡すタイミングがなくなったのだろう。

「いま開けてもいいですか？」

「もちろんよ」

シールを剝がして丁寧に解いた包装紙の中から出てきたのは、変形するロボットだった。

「懐かしいわね。深月くん、この番組大好きだったでしょ？」

「……これ、欲しかったんです」

両親にねだったことさえ忘れていたけれど、当時の記憶が鮮やかに蘇ってきた。

ベッドの中で過ごすことの多かった深月にとって、ヒーロー番組は日々の楽しみだった。録画してもらったものを繰り返し見ては、気落ちしそうになる日々を過ごしていた。

自分もヒーローに変身できれば、体も強くなって両親に迷惑をかけなくなるのに。そんなふうに思っていた記憶がある。

我が儘を云わない深月が珍しくおもちゃをねだったものだから、両親も張り切ってくれたのかもしれない。

「――ありがとうございます」

子供の頃の寂しさが報われた気がする。こうして沢村や奈緒子に再会できたのも、旭のお陰だ。

深月は泣きそうになりながら、ロボットのおもちゃを胸に抱きしめた。

12

沢村の家を辞した深月は駅前で買い物をすませ、一台だけ停まっていたタクシーに乗り込んだ。

「この先でいいんですかねえ？」

「多分、こっちで合ってると思うんですけど……」

五歳当時の記憶では土地勘などあるわけもない。住所を頼りに検索をし、地図をプリントアウトして持ってきた。

その地図を見る限り、幼い頃に暮らしていた山荘には三十分ほどで着くはずだ。

山荘は不動産会社が管理する別荘地の一角にある。しばらく上り坂を進んでいると枝分かれした道が見えた。そこにある深月の身長ほどの大きな岩を目にした瞬間、記憶が蘇ってきた。

「あっ、そこを左です！　この道の一番奥の家だったと思います」

両親と車に乗って出かけるとき、この岩が目印だと教えられたことを思い出した。自分の身長よりも大きな岩を初めて見たとき、不思議な感動を覚えたものだ。

体の調子がいいときは、両親と散歩に出ることもあった。あまり遠出はできないからとこの岩を目印に出かけたものだ。

野の花を摘んでブーケを作ったり、木苺《きいちご》の実をつまみ食いしたり。車の外を流れる景色を見ていたら、幼い頃の記憶が濁流のように押し寄せてくる。

（どうしていままで忘れてたんだろう）

思い出を懐かしんでも、両親は帰ってこない。おそらく二度と味わえない幸せだとわかっていたから、無意識に思い出さないようにしていたのだろう。

タクシーが行き止まりにあるロッジ風の建物の前で停まる。

「こちらでいいですかね？」

「はい、ありがとうございました」

「帰りの足が必要なときは、ここに電話して下さい」

「助かります」

運転手から名刺を受け取り、タクシーを見送った。

「懐かしいな……」

当時両親と暮らしていた山荘を見上げ、しみじみと呟いた。こうして、またここへ来ることがあるなんて以前の自分では考えられない。

空気がいい場所で療養をしようとのことで、両親は売りに出されていた別荘を買い取って移住したらしい。

列車の枕木で組まれた階段を上る。長年放置されていたはずなのに、階段は草木に覆われておらず、木々の枝振りもきちんと整えられている。

玄関に辿り着いた深月はリュックのポケットから鍵を取り出し、緊張しながら鍵穴に差し込んだ。

「ただいま」

ドキドキしながら十数年ぶりに足を踏み入れた山荘は、深月の記憶のままだった。玄関のシューズボックスの上の木彫りの人形は母のお気に入りだったものだ。

あとから作りつけたリビングの書棚の蔵書もそのままになっている。一番下の右側は深月に割り当てられた一角で、お気に入りの絵本やおもちゃが収められている。

「綺麗にしてある……」

ソファには埃よけのカバーが掛けられており、覚悟していたほどカビ臭くもなかった。

固定資産税などの手続きは従弟夫婦がしてくれていた。もしかしたら、山荘の管理も手配してくれていたのかもしれない。

よそよそしさが拭えなかったとは云え、行き場のない深月を一度は引き取ってくれたのだ。彼らは善人だ。ただ、彼ら家族と深月の相性が悪かっただけの話だ。

（今度、会いに行こう）

いまなら昔よりも普通に話せるようになっているかもしれない。そうでなくとも、改めてお礼くらいは伝えておきたかった。

「さて、掃除するか」

深月は腕捲りをし、リュックから持ってきた掃除道具を取り出した。

奈緒子に云われたとおり、水道は問題なく使えるようだった。試しにブレイカーを上げてみたけれど、さすがに電気は来ていなかった。

物置にオイルランプと固形燃料を発見した。これで灯りとお湯を沸かすことくらいはできる。自分の部屋のベッドは埃よけのカバーしかかけられていなかったけれど、ベッドシーツや毛布はクローゼットに入っていた。

一晩過ごす算段をつけてから、駅前で買っておいた花を手に徒歩で向かった。

麓よりも季節の早い山中は秋が終わりかけていた。カラマツが紅葉し、山全体が黄金色に輝いている。麓よりも肌寒く、厚手の上着を持ってきた自分の判断に感謝した。

「ここか……」

教えてもらった事故現場は、山荘から歩いて三十分ほどのところにあった。駅からの道のりを途中で脇道に入った先の急カーブだ。

ここのガードレールは、他のところと比べて頑丈なものが設置されていた。見通しのいい道の先に続く急カーブが事故を誘発しやすいのだろうか、何度か車体が擦れたあとも残っている。

山側に目を向けると、物々しいくらいに落石防止ネットが張り巡らされていた。削られた山肌には草木が生えてはいたけど、急勾配《きゅうこうばい》のせいか長く定着している木は見当たらない。

あの夜は周りの音が聞こえなくなるくらいの激しい豪雨だった。カーブにさしかかったところで土砂崩れに巻き込まれたのはいくつもの要因と偶然が重なった結果だが、運命の皮肉はやはり怨《うら》めしくはある。

「これって……」

ふと、ガードレールの足下を見ると、少し前に置かれたと思しき萎《しお》れた花と線香の燃えかすがあった。いまでもお参りをしてくれている人がいるようだ。

見知らぬその人物に感謝をしながら、深月も持参した花をそっと置いた。

「――――」

手を合わせて黙禱《もくとう》をしてから立ち上がる。何気なくガードレールから崖下を覗き込んだ深月は、その深さに思わず身震いをした。吹きつけてくる山風にぶるりと震え、裏起毛のパーカーのファスナーを一番上まで引き上げる。

新聞の写真を目にしたとき以上に、高さを感じる。この高さの崖から車ごと落ちて助かったのは、本当に奇跡としか云いようがない。

「旭さん……」

あのとき、旭の手を払ってしまったけれど、彼は何を告げようとしていたのだろうか。

もしかしたら、あのときの真実を伝えようとしてくれていたのかもしれない。旭が深月を助けてくれたときのことを。

五歳のときは命を。そして、二十歳になったいまは、いつしか前を向けなくなっていた心を救ってくれた。叶うなら、彼の口から真実を聞きたい。

（旭さんに会いたい。だけど、どうやって連絡を取ればいいんだろう……）

電話番号もメールアドレスも知らなければ、メッセージアプリのＩＤすら交換していなかった。樹に使えないと罵倒《ばとう》されたけれど、いまは自分でもそう思う。

あの事故に遭遇したのだから、こちらが地元のはずだ。クマになったときの移動距離がどれほどかはわからないけれど、少なくとも県内ではないだろうか。

（地方紙に広告を載せるとか？）

効果のなさそうなアナログな方法しか思いつかない。インターネットで呼びかけることは可能だけれど、世を忍ぶ一族であることを考えると無闇に情報を撒《ま》くわけにもいかなかった。

旭だって、行方のわからない深月を何年も探してくれていた。今度は自分から足を踏み出す番だ。

気長に行こうと心に決めていると、こちらに近づいてくるバイクのエンジン音が聞こえてきた。

走行の邪魔にならないよう、ガードレールに体を寄せる。通りすぎるだろうと思っていたバイクはスピードを緩め、深月の近くで停車した。

ライダーは慌てた様子でバイクから降り、フルフェイスのヘルメットを取る。

「深月!?」

「……旭さん？」

ライダースーツとヘルメットのせいで、全然わからなかった。

「まさか、本当に会えるとはな……」

複雑そうに微笑む旭の眼差しに何も云えなくなる。話をしたいと思っていたのに、胸が詰まって口が上手く動かない。

運命のイタズラは何度も繰り返されるものなのだろうか。

「花を手向《たむ》けに来たのか？」

「……はい。もしかして、このお花と線香は……」

「俺が供えたんだ。もう萎れてるから片付けないとな」

旭はバイクのシートの下からゴミ袋と新しい花を取り出し、古いものと交換する。

「ここにはよく来てくれてるんですね」

「月に一度程度だけどな」

「僕なんて事故のあと、初めて来ました。こんなに高い崖だったんですね」

旭と並んで崖下を眺めていると、不思議な気分になる。あそこが自分たちの出逢いの場だったということだ。

「いまさらかもしれないが、俺の話を聞いてくれないか？　深月に伝えておかないといけないこともあるんだ」

「……僕も旭さんと話したいと思ってたんです」

こんなふうに旭と再会できるとは思わなかった。もしかしたら、両親が引き合わせてくれたのかもしれない。

13

「ここでいいか？」

旭にバイクのバックシートに乗せてもらい、山荘まで送ってもらった。バイクの特性上、やむを得ないことなのだが、背後から腰に抱きつく姿勢に必要以上の緊張を強いられた。

「ありがとうございました」

「これが深月の暮らしてた山荘か」

「はい。といっても、一年間くらいのことですけど」

「灯りのスイッチはどこだ？」

日が暮れかけているため、室内が薄暗い。

「すみません、電気が来てないので懐中電灯とランプしかなくて……」

オイルランプで灯りをともすと、暖色の柔らかな光に室内が照らし出された。

「こういうのも雰囲気があっていいな」

「そう云ってもらえると助かります。あ、いま飲み物淹れますね。ペットボトルのお茶ですけど」

固形燃料を使えばお湯は沸かせるけれど、持ってきたのはカップ麺《めん》だけだ。

「いまはいいよ。そこのソファに座ってもいいか？」

「あっ、どうぞ！　気づかなくてすみません！」

「深月も来てくれ」

「……っ、は、はい」

そわそわと落ち着かないのは緊張しているからだ。

悩んだ末にスペースを空けて旭の隣に座る。正面から彼の顔を見て、話をする度胸は深月にはなかった。

「少し痩せたか？」

「友達にもそう云われました。自分ではよくわからないんですけど」

引き籠もっている間、食事が面倒で何日もろくに食べないことがあった。きっと、そのときに体重が落ちてしまったのだろう。

「俺のせいだな。すまない」

「いえ、旭さんのせいじゃ……！　自己管理ができてない僕のせいです」

「深月に会えるなら、食うもの持ってくれればよかった」

「あんなところで会うなんて、偶然もいいところですよ」

「夕飯はどうするつもりなんだ？」

「カップ麺と栄養補助食品を持ってきました」

「今日のところは仕方ないか。ちゃんとバランスよく食べるようにするんだぞ」

旭の保護者めいた言葉に苦笑してしまう。こんなときも深月の体の心配をしてくれるところが旭らしい。

「――すまない、こんな話をしに来たわけじゃなかったな」

肝心の話をなかなか切り出さないのは、旭も緊張しているからだろう。

「この間はごめんなさい、旭さんの話も聞かずに逃げ出してしまって……」

「いいんだ。混乱して当然だ。俺がもっと早く話しておけばよかったんだ。ごめんな、いままで何も話さなくて」

「旭さんは僕を気遣ってくれてたんですよね……」

「深月があのときのことを何も覚えていないなら、思い出さないほうがいいだろうと思ったんだ」

新聞の記事からも酷い事故だったことは窺えた。旭が真実を話すことに躊躇いを感じるのも理解できる。

「あの夜のこと、教えてもらってもいいですか？」

「ああ、少し長くなるかもしれないが聞いてくれ」

旭は一つ深呼吸をしたあと、おもむろに当時のことを話し出した。

「――あの頃、俺はクマに変化できるようになったばかりの十四歳だった。人の姿とは違う身体能力と解放感が楽しくて、調子に乗って森を駆け回ってた」

「十四歳……」

駆け回りたくなる気持ちはわかる気がする。突然、人間離れした能力が身についたら限界を試したくなってもおかしくはない。

旭にもそんな無邪気な頃があったのかと思うと、少し不思議な感じだった。

「クマの姿で人間に見つかると厄介だからな。大人たちにはあの姿で人家の近くには行くなと口を酸っぱくして云われていた。だけど、ダメだと云われるとやりたくなる年頃だろ？　嵐の夜なら誰に見とがめられることもないだろうからと、あの夜はいつもより遠出をしたんだ」

「無茶なことしますね」

「若気の至りってやつだ。最初のうちは雨風も気持ちいいくらいだった。だが、嵐はどんどん激しくなっていって、遠くまで来すぎたことを後悔し始めた矢先に、もの凄い音が聞こえてきた。それが土砂崩れに巻き込まれて車が落ちた音だとわかった瞬間、体が動いてた。いまなら助けられるかもしれないと落ちた車の元に急いだよ」

「――――」

「現場は言葉にならないくらい悲惨なことになっていた。土砂に埋まった車を必死に掘り出したが、運転席は大きな岩に潰されていた」

「それって――」

車を運転していたのは父だ。深月が目を覚ましたときには葬儀はすでに終わっていて、二人がどんな状態だったかは知らされていない。

「幸い後部座席はどうにか無事だったが、そこにいた女性は大怪我をしていた。彼女は目が見えなくなってたんだろう。俺を救助隊と勘違いして、喋るのも苦しそうな様子なのに『この子を助けて』って云うんだ。その言葉で男の子が横にいることに気がついた」

「それが僕……？」

「ああ、そうだ。彼女が身を挺《てい》して守ったお陰だろうな。男の子のほうは助かりそうな様子だったが、どうしたらいいかわからなくてパニックになったよ。助けを呼びに麓まで戻っていたら二人とも助からないだろうし、人の姿に戻るにしても服はないし、動揺しているせいで上手く変化のコントロールもできなくなってた」

　悔しそうに吐露するが、実際の現場に遭遇して冷静に行動するほうが難しい。十四歳だということを考えたら、無理もない話だ。

「いつまた車の上に土砂が降ってくるかもしれない。とにかく、車から二人を出すことにした。怪我の具合を考えたら彼女を優先すべきだったと思う。だけど、自分は大丈夫だから子供を先にと云われて、深月を割れた窓から引っ張り出したんだ」

「お母さんがそんなことを……」

「近くの雨が当たらない岩場に深月を移動させてから、車のところにすぐに戻ったんだが——そのときにはもう彼女の意識はほとんどなくなっていて……」

　膝の上の拳は白く筋が浮くほど強く握られている。旭が強い後悔を抱いていることがわかった。

「旭さんは悪くないじゃないですか！」

旭はそのときにできることを必死にやってくれただけだ。感謝こそすれ、彼を責められる要素がどこにあるというのだろう。

「けどな、俺には彼女を救える術《すべ》があったんだ。それなのに、彼女は俺にありがとうって……もっと早くそのことを思い出していれば、お前から母親を奪わずにすんだのに」

「もしかして――」

救う術という言葉に思い至ることがあった。〝赤熊族〟の血肉は人間には特効薬で、回復が早まる効能があると云っていた。

「そうだ、俺の血を先に彼女に飲ませておけば、命を助けることができたはずだ。だけど、あのときの俺は目の前のことでいっぱいですぐに思いつけなかった」

「旭さんはそのとき十四歳だったんでしょう？　そんな事故を目の当《ま》たりにして、冷静に行動できるわけないじゃないですか。そもそも、人間に飲ませるのは御法度《ごはっと》だったんですよね？」

「あんな非常事態にそんなこと云ってられるか？　助けられる手段があるのに使わないなんてありえない。ありえなかったんだ……！」

一族の危機を顧《かえり》みず、見知らぬ親子の命を救おうとしてくれた彼の正義感に胸を打たれる。

もしかしたら、母は助かっていたかもしれない。その『もしも』は深月の心を動揺させた。幼い頃から何度も夢見たことだからだ。

あの日、自分が発作を起こさなければ。我慢できると云えていたら。あんなに病弱でなかったら。

だけど、どれも過ぎてしまったことだ。

振り返っていくつもの可能性があったとしても、過去は変えられない。後悔は未来にしか活かせないのだ。

（……旭さんも苦しかったんだ）

特別な能力があったとしたって、精神年齢は普通の子供と変わらないだろう。

多感な年頃に、大きな事故に遭遇したらショックを受けるに決まっている。その上、大怪我をした人が亡くなる場面に立ち会うことになったならトラウマになって当然だ。

「僕も思い出したことがあるんです。雨の当たらない場所で、ふわふわで温かい何かに抱きしめられてたことと血の味がする薬を飲ませてもらったこと……頑張れって云ってくれてたのは旭さんだったんですね」

「ああ、そうだ」

「主治医の先生は、怪我も酷くなくて低体温症にもなってなかったのは奇跡だって云ってました。でも、旭さんが血を飲ませてくれて、体を温めてくれてたから助かったんですよね」

「彼女を救えなかった無力な自分が悔しかった。だからせめて、あの子だけは——深月だけは助けたかったんだ」

十四歳の旭の葛藤《かっとう》を思うと、胸が締めつけられる思いがする。

「早く安全な場所へ連れて行けたらよかったけど、嵐はさらに激しくなってきていて、抱いて山を下りることもできなかった。だから、あの場で救助隊を待つことにしたんだ」

　二次災害を招かないための最善の判断だと思う。

　だけど、旭は普通の人間ではない。上手く変化もできなくなっていたと云っていたから、下手をしたら人々に見つかっていた可能性だってあったはずだ。

「僕のためにそんな無茶して……人間に見つかったらどうするつもりだったんですか」

　夜はともかく、明るくなれば赤毛のクマは森の中で目立ってしまう。人に見られたら、下手をしたら殺処分されていたかもしれない。

「救助隊が近づいてきていることを確認してから、深月を見つけやすい場所に寝かせて立ち去ったから危険はなかったよ。だけど、その後の容態を知る術がなかったのはもどかしかった」

「一週間くらい目を覚まさなかったみたいですけど、起きたらもの凄く元気になってました。自分よりも先生が驚いてました」

　喘息の症状も起こらなくなり、自分でも信じられないくらい元気になった。当時、主治医だった沢村はしきりに奇跡だと云っていたくらいだ。

「いままでも風邪一つ引かないし、旭さんほどじゃないですけど怪我の治りも早いです。僕の体が強くなったのは、旭さんの血のお陰だったんですね」

「深月の体はとくに相性がよかったんだろう。息災《そくさい》で本当によかった」

「旭さんは僕が助けた男の子だって、いつ気づいたんですか？」

「深月の部屋で目を覚ましたとき、匂いが似ている気がしてもしかしてと思った。けど、新聞で見た苗字と違ってたから確信が持てなくて」

「祖父母に引き取られたときに、苗字が変わったんです。見た記事が地方紙のものなら、名前も間違えられていましたし」

「あれからずっとお前のことが気になっていたから、再会できて本当によかった。幸せに暮らしているのか、もしそうでないなら俺にできることはないかと——」

旭は一旦言葉を切り、居住まいを正す。

「それよりも、お前に会って謝りたかった。俺の判断ミスでお前から母親を奪うことになってしまった。お前には俺を恨む権利がある。どんな誹《そし》りも受けるつもりだ。本当にすまなかった」

旭は深月に対して、深々と頭を下げた。これまでずっとあの日のことを悔い、罪悪感を抱き続けていたのかもしれない。

「あの、頭を上げて下さい！」

深月を助けるために、一族の危険すら侵《おか》してくれた旭をどうして憎むことができるだろう。

「——僕は旭さんに二度救われました」

「二度？」

深月の言葉に、旭は怪訝な表情を浮かべる。

「あの事故のときと、この間の誕生日のときです。これまで生きている意味に悩んだこともあったけど、過去にも未来にも向き合えたのは、旭さんのお陰だから」

「深月……」

自分で敷いたレールの上で淡々と暮らすだけの日々だったけれど、いまは生きていてよかったと心から思える。喜びや楽しさは自分で見つけるものだと、旭に教えてもらったからだ。

「旭さんが僕に好きなことをすればいいって云ってくれたじゃないですか」

「ああ」

「僕は何がしたいのかって考えたんです。それで一番したいことがわかりました。それが実現することはないってわかってるけど、旭さんに聞いて欲しいんです」

「俺に？」

人生でいまが一番緊張していると思う。口の中がからからに乾いているのに、握りしめた手の平は汗ばんでいる。

深呼吸をし、それでも乱れた心臓が落ち着かなかったため、もう一度大きく息を吸った。

「旭さんが好きです。ずっとあなたの側にいさせて下さい」

「深月――」

旭は深月の告白に目を瞠った。

彼が困らないよう、すぐにフォローを入れる。

「もちろん、無理だってことはわかってます。旭さんには当主になるっていう役目があるし、ちゃんとした相手と結婚しなくちゃいけないですから。もしよければ、今夜だけ僕と一緒に過ごして下さい。そうしたら、諦めて前を向きますから」

「バカ云うな！」

怖い顔をした旭に一喝《いっかつ》される。振られるのがわかっていて頼むような内容ではなかった。きちんと失恋をしようと思っておきながら、未練がましい我が儘を口にしてしまった自分が恥ずかしい。

「……やっぱり、バカなお願いでしたよね」

恥ずかしさと居たたまれなさをごまかそうと苦笑いを浮かべると、次の瞬間、力強く抱きしめられた。

「あ、旭さん？」

「そうじゃない。今夜だけで終わらせるつもりだなんて、そんなことできるわけないだろう」

「え？」

想定外の答えに面食らう。旭の云っている意味が理解できず、深月は目を瞬いた。

「助けた子にこんな感情を抱くのは間違ってるかもしれない。だけど、俺も深月と一緒にいたい。もう二度と離れたくない」

「旭さん――」

「深月を愛してるんだ」

抱きしめられたとき以上の激しさで口づけられる。あの日の嵐よりも荒々しく、深月の唇を奪い去っていった。


「ン、んぅ、ふは……っ」

旭の膝の上に乗せられて繰り返される口づけに、すっかり息が上がってしまっていた。吸い上げられる舌先は痺れ、上顎を舐められ背筋が震える。

息苦しいのに、もっともっと欲しくなる。人間の欲望には際限がないのかもしれない。

「んん、んー……っ」

カットソーの下に潜り込んできた大きな手に腰や胸をまさぐられ、喉の奥が鳴る。あの美しい音色を奏でる指が自分を触っているのだと思うと、それだけで体が熱くなった。

「っあ……！」

旭の指先が乳首を掠《かす》めた瞬間、あられもない声が出た。旭に弄られてから、服に擦れるだけで意識をするようになってしまった。

すでに硬く尖ったそこを円を描くように指の腹で擦ってくる。かと思えば、押し潰したり指の間で捏ねたりと執拗《しつよう》にそこばかりをいたぶった。

「あ、あっ、いや、あ……ッ」

啄むようなキスと同時に、左右の尖りを執拗に嬲《なぶ》られる。深い口づけで唇を塞いでくれていたら、こんな声も出さずにすむのにと怨めしく思ってしまう。

「何が嫌なんだ、深月」

旭は揶揄するような声音で問いかけながら、深月のカットソーを脱がせてしまう。室内のひんやりとした空気に一瞬震えたけれど、頬や首筋を唇で啄まれ、すぐに体温が上がる。

「そこばっかり、恥ずかしい……ぁん！」

キツく抓られ、高い声が上がった。旭に触れられるまで、そんなところを意識したことはなかった。こんなふうに感じてしまうなんて、おかしいと思われないだろうかと心配になる。

「だったら、もっと恥ずかしいところを見せてくれ」

一方の手が下腹部を探ってくる。布地の上から性器の形をなぞられ、びくんっと体が跳ねた。触れられる前からすでに張り詰めていたそこは、不意の刺激に過敏に反応する。

「や、あっ、だめ」

「もう濡れてるんじゃないのか？」

「云わないで……っあ、あ」

先端部分を擦られると、ぬるぬるとした感触がする。旭の指摘どおり、先走りが溢れてしまっていた。

「ぁあ……っ！」

ぐりっと股間を強く押されるのと同時に乳首を抓られた深月は、下着の中で欲望を爆《は》ぜさせてしまった。生温かく濡れた感触が恥ずかしくて顔が熱くなる。

「ご、ごめんなさい」

「謝らなくていい。気持ちよかったんだろう？」

深月は真っ赤になって小さく頷く。旭に触れられると、蕩《とろ》けてしまいそうなほど感じてしまう。自分の中にこんな感覚が眠っていたなんて信じられないほどだ。

「今日は最後まで食わせてもらうからな」

旭はそう云って深月をソファに横たえると、ばさりとシャツを脱ぎ捨てた。

「最後まで……？」

意味がわからず、聞き返す。

「この間は初心者向けだっただろ？」

何がどう違うのだろうと疑問に思ったけれど、聞き返す間もなくソファに横たえられ、ズボンと下着を剝ぎ取られた。

「やっ……」

室内の灯りはオイルランプだけとは云え、下半身を晒されるのは恥ずかしい。

旭は深月が溢れさせた体液を拭い取った指先であらぬ場所を探ってきた。

「!?」

何でそんなところをと混乱したのも束の間、指先が押し込まれる。

「え、何で、指——」

「慣らさないとキツいだろう？」

「何がですか？」

「わからないなら意識を飛ばしてろ」

「あっ……!?」

内壁を押され、思わぬ声が出た。自分の中で異物が蠢《うごめ》く感触に戸惑う他ない。

「全然平気だろ？」

「変な感じが……ぅあっ、あっあ」

旭はしれっとした顔で訊いてくるけれど、平気なわけがない。指を抜き差しされたり、内側を探られたりしているうちに変な気分になってくる。

(何これ……)

体の中を探られる心許なさに戸惑っているうちに、体の奥に入り込む指が増えていく。

「やだ、や、あ、あ、あ」

体液のぬめりのお陰で引き攣れるような感覚はないけれど、無理に押し広げられる苦しさは否めない。

「うんっ、あ、あ……っ」

繰り返される抜き差しに慣れてきた頃、深く飲み込まされていた指が抜け出ていった。

「どう…して……？」

喪失感に戸惑いながら浅い呼吸を繰り返していると、旭が着衣のウエストを押し下げる様子が目に入った。そして、露《あら》わになった彼の屹立に目を瞠る。

「!?」

改めて目の当たりにするとその大きさに息を呑むしかない。

さっき、後ろを慣らされていた理由にようやく思い至った。男同士の場合、そうやって繋がるのだろう。この間、足を閉じてした行為は代替行為でしかなかったようだ。

「そ、そんなの無理ですよ！」

「やってみなきゃわからないだろう」

無責任とも取れる発言を口にしながら、旭は着衣を全て蹴り捨てた。

「やってみなくてもわかります！」

見るからに、指とはサイズが違う。異物を受け入れることは不可能だとは云いきれないかもしれないけれど、旭のものが入るとは思えない。

「大丈夫だ、いま慣らしたしただろう？」

「や、だめ、旭さん、絶対壊れちゃう……！」

旭も辛い状況にあるのはわかっている。だけど、あんな凶暴なものが入るだなんて思えない。

「無茶なことはしないから」

色っぽく掠れた声に懇願されると気持ちが揺らぐ。

「……ほんとに？」

「俺が深月を壊すはずないだろう？　痛かったらやめるから」

「ちょっとだけ、なら」

全部は無理でも先のほうだけならどうにかなるかもしれない。甘くねだられ、折れてしまった。

「わかった、ちょっとだけな。楽な姿勢にするから力を抜いて」

腰の下に枕を入れられ、足を大きく割り開かれた。あられもない自分の姿に全身が一層熱くなる。

旭は深月の足の間に膝立ちになり、掻き回して解《ほぐ》したその場所に熱くて硬いものを押し当ててきた。

「……っん！」

ぎゅっと目を瞑った直後、切っ先を突き入れられた。

気が遠くなるほど指で解されたせいか、意外とすんなりと入ってきた。

「ほら、ちゃんと柔らかくなってる」

旭はそう云って、そのままじわじわと押し入ってくる。

「う、ん……っ」

大きな異物が入り込んでくる違和感に息を呑む。

「ちょっとだけって……ひ、ぁ、あ、あ……」

「深月のここも欲しかったって云ってる」

「云ってません……！」

「本当に？」

「ぅあ、あ、あ、あ……」

最奥を突くように腰を送り込まれ、喉の奥から蕩けきった声が出てしまった。覚悟したような痛みはなく、ただただ圧迫感に息が詰まる。

「全部入った」

「うそ」

旭の欲望を飲み込まされたお腹の中が苦しい。体の中にもう一つ心臓があるみたいに、どくどくと力強く脈打っている。

「深月の中、気持ちいい」

「ほんと、に……？」

「痛くないか？」

「だいじょうぶ、です」

「動くぞ」

「え、待って、まだ無理——あっ、ああ、はっ」

旭は深月の腰を摑み、ゆっくりと自身を抜き差しし始める。切っ先で抉るように穿たれ、ぞくぞくと腰の奥から痺れるような快感が駆け抜けた。

圧迫感と内壁を擦られる未知の気持ちよさに戸惑うしかない。

「やっ、あっあ、あ、あ」

旭の指が強く腰に食い込み、ぐちゅ、ぐちゅ、という濡れた音が少しずつ速くなっていく。

（頭がおかしくなる）

気持ちよすぎて、どうにかなりそうだ。体の内側を擦られることがこんなにも気持ちいいだなんて知らなかった。

「可愛いな、深月」

「ひぁ、あ、あ、ああ……っ」

律動に合わせた嬌声《きょうせい》が派手になっていく中、汗ばんだ肌がぶつかり合う音も大きくなっていく。動きが激しくなればなるほど、快感も増していった。

「あっあ、いく、いっちゃう、旭さんどうしよう」

強烈な快感に惑乱し、自らを苛《さいな》む男に縋りつく。矛盾しているかもしれないが、この状況から救い出してくれるのは旭しかいなかった。

「一緒にできるか？」

「わかんない、あ、は、あっ」

「俺に合わせて」

こくこくと頷きながら自らも本能に任せて腰を振り、旭の動きを必死に追った。何でもいいから終わりたい。啜り泣くように喘《あえ》ぐ深月を旭は激しく責め立てた。

「中に出すぞ」

よくわからないまま、こくこくと頷くと、突き上げが一層激しくなった。

「あっあっ、や、ぁあっ」

「好きだよ、深月」

「……っ」

不意の告白に深月が息を呑んだ瞬間、体の奥に欲望の証《あかし》を叩きつけるように注ぎ込まれた。

「あ——!?」

限界まで膨らんだ欲望が破裂するかのように、深月は白濁を爆ぜさせた。その直後、旭が深月の中で大きく震える。

終わりを迎え、旭は大きく息を吐く。なのに、深月の中にあるものは凶暴さを保ったまま、なおも力強く脈打っている。そのことを意識した瞬間、深月のそこがぎゅっと締まる。

「もっと欲しいって？」

「え……？」

深月に覆い被さり見下ろしてくる旭は、獲物を見据えた獣の瞳をしていた。


「……旭さん？」

目を覚ますと、深月は毛布に包まれソファに寝かされていた。

「すまない、無理をさせたな」

すぐに旭が気づき、起き上がるのを手伝ってくれる。信じられないくらい力が入らず、自分でも驚いてしまった。

「あ、いえ、大丈夫です」

旭に何度も求められ、最後は意識を失ってしまったようだ。男同士のセックスがどんなものなのか、改めて思い知らされた。

あちこちに違和感が残っているし、ひりつくような痛みもあるけれど、充足感にも満ちている。

「歯止めが利かなかった。次はちゃんと手加減する」

「つ、次って――」

先のことを普通に話せる幸せを噛み締めつつ、本当に手加減してもらえるのだろうかと一抹の不安も覚えた。

「旭さんはこれからどうするんですか？」

「明日のことか？　それとも、この先のことか？」

「両方です」

旭と同じ想いを抱いていることは確認し合えた。だけど、彼には当主になるという役目がある。個人的な感情だけでその役目を放り出すことはできないだろう。

「とりあえず、明日は実家に戻る。当主の件もどうにかなるさ」

「どうにかって……」

「俺は深月と生きていく。それだけは譲らない」

「……っ」

さらりと告げられたプロポーズのような言葉に胸が詰まる。旭は当たり前のように口にしたが、彼の立場を考えたら簡単なことではないはずだ。

鼻の奥がツンと痛み、目頭が熱くなる。歯を食い縛ったけれど、溢れてくる涙を堪えることはできなくて、深月は手の甲でごしごしと目元を擦った。

「バカだな、泣くことないだろう」

「だ、だって……」

ぽんぽんと優しく頭を撫でられると、余計に泣けてきてしまう。過分な幸せに不安にもなる。こんなに満たされていいのだろうかと、逆に後ろめたくなってしまうのだ。

「僕、一族の方に謝ったほうがいいですよね……？」

「謝る？」

「だって、皆さんにとって大事な旭さんの一生を左右することになってしまって、お詫《わ》びというかご挨拶くらいはしたほうが……」

　結婚の報告ではないけれど、仁義は通すべきなのではと思ったのだ。

「そうだな。明日、深月も一緒に帰ろう」

「え？　明日ですか!?」

　いいアイデアを思いついたと云わんばかりの旭に面食らう。

「一山越えたところに実家があるんだ。家族を紹介する」

「ちょ、ちょっと待って下さい。話が早すぎませんか!?」

　展開の早さに頭がついていかない。

「善は急げって云うだろう」

「心の準備とか……」

「大丈夫、ウチのやつらはみんな大らかだから、深月のことも歓迎してくれる」

　いまは旭のポジティヴさが恐ろしかった。

14

心の準備もできないまま連れて来られたのは、想像以上に立派な旅館だった。

森の谷あいにある小さな町全体が観光地になっていて、リゾートと云っても過言ではない町並みだ。

木々の間に離れ家のような客室が建ち並んでおり、浴衣を着た宿泊客たちが点在する様々なロケーションの温泉に向かう様子は現代の日本とは思えない光景だった。

姿を隠し、人里離れて暮らしている一族だというから、もっとひっそりとしていると思っていた。

当時の当主は、本当に思いきった舵《かじ》取《と》りをしたようだ。

「た、小鳥遊深月です」

深月が正座で挨拶をしているのは、現在の赤熊族当主である旭の祖父だ。九十歳手前と云ったところだろうか。柔和で穏やかな雰囲気の老人だった。白髪の中にいくらか混じっている赤毛が旭の血縁だということを示している。

「よく来てくださった。せっかくですから、ゆっくりしていってくだされ」

「あ、ありがとうございます」

「いやいや、君が噂の深月くんか」

「噂の？」

冷ややかな空気も覚悟していたため、想定外の歓迎ムードに深月は面食らっていた。さっきから大勢の親族たちが次々と応接間を覗きに来ている。

当主の他にも旭の母親や叔父叔母、従兄弟《いとこ》たちが集まっている。

「あの子が旭の番だって？　可愛い子じゃん！」

「騙《だま》くらかして連れてきたんじゃないだろうな」

「儀式はどうするんだ？」

襖《ふすま》の向こうでひそひそと話をしているのが聞こえてくるが、何の話をしているのかよくわからない。

「旭さん、僕ここにいても大丈夫ですか？」

「うるさいやつらばかりですまないな。もうしばらくしたら落ち着くだろうから、我慢してくれ」

「それはいいんですけど……」

やがて、ドカドカと廊下を走ってくる足音が聞こえてきた。スパーン、と襖が開けられ、そこに立っていたのは樹だった。

「旭の相手がこいつなんて俺は認めないぞ！」

「樹さん!?」

怒り心頭な様子の彼の登場に体が竦む。旭は深月を庇うように間に入ってくれた。

「お前に許可をもらう必要なんてない」

「お前には当主となり、跡継ぎを作る義務があるんだからな！」

「だが、もう新月の契りをすませてしまったんだ。他の者とは番にはなれない」

「は？」

「昨日は新月だっただろ？」

「〜〜〜〜!?」

旭の言葉に樹は声にならない悲鳴を上げる。

「あ、あの、旭さん、新月の契りって……」

「前に説明しなかったか？　神無月の新月の夜に契った相手が一生の番になるって。昨日、月が出ていなかっただろ」

「あ……」

「昨日を逃せば一年待たないとならないから、どうしても深月が欲しかったんだ」

「……っ」

昨夜のことを思い出して、顔が熱くなる。旭が強引だった理由がいまになってわかった。

（それじゃあ、もう僕は旭さんの〝一生の番〟ってこと……？）

気恥ずかしさと嬉しさでじわじわと落ち着かない気分になっている深月とは対照的に、その場にがくりと膝を突いた樹は悔しげに拳で畳を叩く。

「跡継ぎはどうするつもりなんだ！　祖父さんだっていつまでもピンピンしてるわけじゃないんだぞ！」

「おい、樹。いくら爺とは云え、儂《わし》を老いぼれ扱いするでない」

「俺は知ってるんだからな！　祖父さんの病気、やばいんだろ？　年明けまで持たないって話してるの聞いた」

樹は深刻な様子でそう切り出したが、この場にいる面々は訝しげに顔を見合わせていた。

「何を云っとる。儂が寝込んでたのはギックリ腰だ」

「は？　そんなの嘘だ！　母さんが云ってたんじゃないか。おばさんとこそこそ台所で話してただろ」

「私？」

急に話を振られた女性が首を傾げる。彼女が樹の母親らしい。

「もしかして、お米の話？」

「米がどうかしたのか？」

旭が口を挟む。

「いつも米を頼んでるところが不作で、今回納入された量だと年末まで持たないかもしれないって話はしてたけど、おじいちゃんのことじゃないわよ」

当主がギックリ腰で寝込んだのを見て心配になった樹は、聞きかじった話を病状と勘違いしたようだ。

「つまり、樹は思い込みで暴走してたってことか？」

勘違いを指摘された樹は、真っ赤になる。

「け、けど、ただの人間と番になってどうすんだよ！　当主の役目を放り出す気か⁉」

「そんなことは云ってないだろ。当主の任はきちんと務めるつもりだ」

「え？」

旭の宣言に、深月は目を瞬く。

「ふざけたこと云ってんなよ！　男と番ってどうするんだ！　お前の代で赤熊の力を途絶えさせる気か⁉」

「――――」

深月とでは子供は作れない。一族の将来の足枷《あしかせ》になってしまうことに、罪悪感を禁じ得なかった。

やはり、自分は身を引くべきなのか――そんな考えが頭をよぎる。

「直系でなければ当主になれないなんて決まりはないぞ。いまは本家も分家も関係ない」

「へ？」

当主にのんびりとした口調で訂正され、樹は胡乱《うろん》な表情になった。

「変化の力は必須だがな。次の当主はお前でも構わんぞ」

「俺⁉」

いきなり白羽の矢を立てられた樹の声がひっくり返っている。

「お祖父さま、樹が当主じゃ落ち着きがなさすぎて、一族路頭に迷いかねませんよ」

「そうじゃな、まだまだ精進《しょうじん》が足りないかのう。菫のほうが皆をまとめるには向いているかもしれんな」

「菫は女だろ!?」

当主の提案に、樹は大きな声を上げた。

「性別で区別するなんて時代に合わないと思ってな、儂の代で古くさい仕来《しきた》りはどれもこれもやめることにしたんじゃ」

深月が呆気にとられている中、ははは と皆で笑い合っている。

「それにしても、相変わらず樹はせっかちよねえ。新しい命も来年生まれるから、そんなに心配しなくても大丈夫よ」

「は？」

「もう一人、妹ができるのよ」

樹の母がお腹を撫でる。よく見ると、体つきがややふっくらとしている。

「妹!?」

「そうなのか！　めでたいな。それはお祝いしないと」

情報過多で機能停止に陥っている樹を余所に、旭は喜びの声を上げる。

「当主だの跡継ぎだの、堅苦しく考えなくたっていいじゃろ。一族を取りまとめる者は必要だが、一人で責任を背負うことはない。これまでどおり、皆で支え合っていけばいい。儂らは家族なんじゃからの」

一人暴走していた樹は、状況を飲み込めていないようで呆然としている。

「……あの、気になってたんですけど、当主はお祖父さんなのに、どうして次の当主が旭さんたちの世代なんですか？」

深月は恐る恐る挙手をして、気になっていたことを質問した。順番でいったらなら旭の父親の世代が跡継ぎ候補になるはずだ。

「俺の親父は変化できないんだ」

「……！」

そういえば、旭が変化できる者とできない者がいると云っていた。

「私たちの世代は、完全に変化できる男子がいなくてね。女の誰かが継いでもよかったんだけど、お祖父ちゃんがまだ頑張るって云うから。あ、いまお父さんがいないのは出張に行ってるからよ。うっかり変化する心配もないから、日本中飛び回って営業してくれてるの。適材適所ってわけ」

旭の母が事情を説明してくれる。

「なるほど……」

皆ができることをして、支え合って暮らしていることがよくわかった。

「だからね、そんなに気負わなくていいのよ」

「え？」

「旭が好きになった子なら、絶対にいい子だもの。うちの子を好きになってくれてありがとう」

思わぬ感謝の言葉にぐっと胸が詰まる。こんなふうに旭の家族から心からの歓迎をしてもらえるなんて思ってもみなかった。

横にいる旭に視線を向けると、慈しむような眼差しで深月を見つめていた。

「今日から、深月も俺たちの家族だ。深月さえよければ、俺と一緒に赤熊族を盛り立ててくれないか？」

「本当に僕でいいんですか？」

「一生離さないと云っただろう？」

「は、はい」

目の奥が熱くなったけれど、歯を食い縛って泣きそうになるのを我慢した。庇護されるのではなく、頼りにしてくれていることが嬉しかった。

「仲がいいのは羨ましい限りじゃが、二人きりのときにやってもらえるかの？」

「す、すみません」

当主に揶揄され、深月は赤くなる。

「何なんだよ！　これじゃ俺はただの当て馬じゃねーか！」

我に返った樹は立ち上がり、その場で真っ赤になって地団駄《じだんだ》を踏んでいる。

「それ以外の何なんだ？　樹、お前ももっと冷静に周りを見てみろ。そそっかしくて思い込みが激しいところがありますって、よく通信簿にも書かれてただろ」

「そんな昔の話どうでもいいだろ！」

「あの頃から成長してないってことじゃないか。お前がそんなんじゃ、菫だって可哀想《かわいそう》だ」

「何で菫が出てくるんだ」

「菫がどうしてお前に協力してたと思ってるんだ？　お前も俺に執着しないで、あいつの気持ちに応えてやったらどうだ」

「は？」

「……っ」

廊下にいた可愛らしい女性が、真っ赤になって走り去っていく。

「おい、菫？」

「樹、ここは追いかけるところだぞ」

「え？　あ、ちょ、ちょっと待て、菫！」

我に返った樹が、慌てて菫と呼ばれた女性を追いかけていく。

「これで丸く収まったなあ」

そう云って笑う一族の面々に圧倒される。皆、旭に似た豪快な性格のようで、悲壮感などまるでない。

その夜は一族の歓迎を受け、深月のために開かれた宴会が夜遅くまで催されたのだった。

15

「ただいまー」

「おかえり、深月」

「……っ!?」

アルバイトを終え自分のアパートに帰った深月は、玄関で待ち構えていた存在にむぎゅっと力一杯抱きしめられた。熱烈に出迎えてくれたのは旭だ。

人型ではなくクマの姿になっているため、もふもふとした毛並みに顔が埋まる。北風に冷えた頬に温かな感触は心地いいけれど、いささか息苦しい。

「旭さん、く、苦しいです」

「すまない、嬉しくてつい」

腕の力を緩められ、酸素を求めて顔を上げた。

「あの、旭さんが来てくれるのは嬉しいんですけど、わざわざ僕の部屋に来てくれなくてもいいんですよ？　週末なら僕も旭さんの部屋に行けますし……」

広い部屋があるのに、旭は深月の部屋に入り浸っている。

何度か招いてもらった旭の住まいは表記ではここと同じ１Ｋだったけれど、広さが段違いだった。

作りつけのクローゼットに、ベッドと作曲用の機材だけというシンプルな部屋だった。

「週末だけしか会えないなんて、耐えられるわけがないだろ。深月は週一で充分だってことか？」

「そ、そういうわけでは……！」

可能なら毎日会いたいし、一分一秒だって長く一緒にいたい。

「昨日は会えなかっただろ。深月は俺に会いたくなかったのか？」

「……会いたかったです」

「だろ？」

旭は冷たい鼻先を深月の額に押し当てる。

深月たちは揃って東京へと帰ってきた。深月には大学、旭には音楽の仕事があるため、一先ずはお互いに元の日常へと戻ることになったのだ。

旭は将来的に旅館の仕事を継ぐことになるらしいが、深月が卒業するまでは東京にいるつもりらしい。それまでの間に、いまの仕事を整理すると云っていた。

「そうだ、夜食作っておいたけど食べるか？」

「ちょっとお腹空いてたので嬉しいです」

バイトから帰った深月をわざわざ夜食を用意して待っていてくれたらしい。

「先に手を洗ってこい。あと、うがいもな」

「はーい」

手洗いうがいをすませて部屋に入ると、ローテーブルに丸くて大きなおにぎりが用意してあった。転がって、穴に落ちていきそうな可愛らしいフォルムだ。

「美味しそう。具は何ですか？」

「鮭だ。クマになる前に握ったから毛は混じってないぞ」

「いただきます」

ほどよい力加減で握られたおにぎりは優しい味がした。

「そういえば、何でうちだとすぐその姿になっちゃうんですか？」

旭の変化の力はとっくに元に戻っているはずだが、何故か深月の部屋ではよくクマの姿になっている。

「この部屋だと居心地がよくて気が緩むんだよな。深月が一緒だとよく眠れるし」

「僕を抱き枕だと思ってませんか？」

「そんなことはない。世界一大事な恋人だと思ってる」

「……っ」

涼しい顔で甘い言葉をさらりと口にするから敵わない。

「そ、そういえば、次の出演予定はいつですか？　今度こそ聴きに行かせて下さい」

気恥ずかしさをごまかすため、話題を変える。

「来週と再来週の金曜は引き受けた。ステージの仕事を受けるのは年内でおしまいにするつもりだ」

「えっ、もう人前で弾かないってことですか？」

深月が卒業するまで二年ある。まさか、今年中でステージに立つことをやめるつもりでいるなんて思いもしなかった。

「いつかお前が耳にしてくれたらと思って弾いてただけだからな。大勢の前で弾くことにこだわりはないんだ。音楽は好きだから、向こうに帰ってからも作曲の仕事は受けるつもりだが……」

「あんなに格好いいのにもうステージで弾かないなんて勿体ないです！　旭さんのギターは、もっと大勢に届けるべきだと思います！」

思わず熱弁してしまう。どんな姿でも旭のことは好きだけれど、ステージでギターを奏でる姿に惹かれたことも事実だ。

「そこまで云われると、悩ましいな」

「す、すみません！　自分勝手なことを云って……」

「わかった、これからもステージで弾く。その代わり、毎回聴きに来てもらうからな」

「ありがとうございます！」

感激のあまり、旭に抱きついた。旭のファンは皆喜ぶだろうし、何よりも深月自身が嬉しかった。

旭は深月の背中に腕を回しながら、ぽつりと呟く。

「……しまった」

「何がですか？」

「せっかくいいムードに持ち込めそうだったのに、この姿だと締まらないなと思って」

「……っ」

旭の云わんとすることを察したけれど、気づかないふりで赤い毛並みに顔を埋める。深月の頬はほんのり赤くなっていた。

縁と月日

「本当にここに泊まっていいのかな……」

食べきれないほどのご馳走《ちそう》で歓待されたあと、深月《みづき》が案内されたのは彼らの経営する旅館の離れの一つだった。

数寄屋造《すきやづくり》の平屋には和洋折衷のモダンなリビングに純和風の十畳ほどの寝室、そして檜《ひのき》の内風呂に加え、専用の庭園風呂まであった。

庭から見上げる夜空には、周りに光源がないからこその満天の星が散らばっている。今夜は糸のように細い月が昇っているが、湯に浸かりながら見る満月もきっと美しいことだろう。

この里の温泉は源泉掛け流しで美人の湯と云《い》われているらしい。案内をしてくれた旭《あさひ》の従妹《いとこ》だという女性に、是非入っていって下さいと云われたため恐る恐る使わせてもらったのだが、確かに肌がつるつるになった気がする。

果たして普通に泊まったら一体いくらくらいするのだろう。アルバイトで自活している苦学生の深月には、どう考えても身の丈に合わない。だが、厚意で歓迎してくれる彼らにもっと狭い部屋にしてくれとは云えず、広々とした部屋の隅《すみ》で膝《ひざ》を抱えて座っていた。

柔らかな間接照明に照らされた寝室に敷いてあった布団は見たことがないほどふわふわで、横たわるのが申し訳ないくらいだった。いっそもう休んでしまおうか。暗くしてしまえば部屋の広さなんて気にならなくなるはずだ。しかし、色んなことがありすぎて眠気の欠片《かけら》もない。

（何か夢見てるみたい……）

旭の家族があれほど自分を歓迎してくれるとは思ってもみなかった。目が覚《さ》めたら森の中で一人だった、なんて状況でも納得してしまいそうなくらい幸せな時間だった。

ぼんやりと反芻《はんすう》していたら、ガラガラと離れの玄関が開けられる音がした。天然木の引き戸を開けて顔を出したのは旭だった。籠《かご》のようなものを手に提《さ》げている。

部屋の隅に座る深月を見つけた旭は、訝《いぶか》しげな顔になった。

「何でそんな端に座ってるんだ？　布団も敷いてあるし、向こうの部屋にソファもあるだろう」

「広すぎて落ち着かなくて……」

正直に告げると、旭は小さく笑った。布団の近くに旭が腰を下ろして胡座《あぐら》を掻《か》いたため、深月もその近くで正座する。

「急に連れてきて、泊まっていけなんて強引すぎたよな。すまん」

「いえ、旭さんの家族に会えて嬉《うれ》しかったです」

「騒がしかっただろ。遠慮のないやつらばかりですまなかったな」

「あんなふうに歓迎してくれて感激しました。旭さんの相手が僕なんかじゃ役不足だとは思いますが――」

唇に指を当てられ、言葉を止められる。

「だから、俺の好きな子のことをそういうふうに云うのはやめろと云ってるだろう？」

「は、はい」

臆面《おくめん》のない言葉に、かあっと顔が熱くなった。つい卑屈になりがちな自分を、旭はこうして浮上させてくれる。旭の番《つがい》として恥ずかしくない人間にならなければと背筋が伸びた。

「それにしてもすごい部屋ですね。僕なんかが泊まってもよかったんですか？」

「来客があるときは大抵この部屋に泊まってもらうんだ。俺の部屋でもよかったんだが、久々に戻ったら物置みたいになってて二人分の布団を敷く場所がなかったんだ」

「旭さんの部屋も見てみたかったです」

「散らかってるだけだぞ」

「気にしません」

年上の彼がどんなふうに育ったのか、すごく興味がある。部屋を見れば、その一端が垣間見えるはずだ。

「もう少し片付けられたらな」

「約束ですからね」

気乗りしない様子の旭に念を押す。

「わかったよ」

旭との約束が一つ増えるたびに胸に温かなものを感じるのは、二人の未来を実感できるからかもしれない。

「あの、着替えもありがとうございました」

新しい下着と寝間着代わりの浴衣《ゆかた》まで用意してあった。至れり尽くせりとはこういうことを云うのだろう。

「風呂には入ったか？」

「はい、お庭の露天風呂を使わせてもらいました」

乳白色の湯はまろやかで、今日一日の緊張で凝《こ》り固まった筋肉が解《ほぐ》れていくようだった。

「ウチの里の泉質は最高だからな。俺も久々に入らせてもらうか」

「え、久々にって温泉にはあんまり入らないんですか？」

「湯船に浸《つ》かるのが面倒だから、普段はほぼシャワーだけだな」

「勿体《もったい》ない……」

「あとで一緒に入るか？」

「えっ!?」

「温泉なんだから普通のことだろ」

「でも、あの、その……」

他の人なら気にならないが、旭とだと必要以上に意識してしまいそうだ。二人きりも落ち着かないし、他の人がいても緊張してしまう。

　これ以上の追及を避けるため、わざとらしく話題を変えた。

「と、ところでそれは何ですか？」

　持ち手のついた籠には、正月などに目にするような漆器の銚子《ちょうし》と杯《さかづき》が一つずつ入っていた。

「ああ、これか。気分だけでもと思ったんだ」

「気分？」

「本来、神無月《かんなづき》の新月の夜に番になる者同士で結縁《けちえん》の儀式を行う慣習があるんだ」

「結縁の儀式？」

「結婚式みたいなものだ。けど、新月は昨日だっただろう？　だから、俺たちは来年まで待たなきゃならないんだが、番の誓いくらい先にしておきたくて」

　旭は畳の上に杯を置く。

「どうやるんですか？」

「薬酒を一つの杯から二人で飲んで、先祖に誓うんだ。お互いを慈《いつく》しみ、支え合うことを」

　旭は銚子から畳に上に置いた平たい杯に薬酒を注いだ。

「あの、僕こんな格好なんですけど……！」

「俺だってTシャツなんだ、気にするな。大事なのは気持ちだよ」

　そうは云われてもと思ったが、とりあえず旭に向かい合い、居住まいを正した。

旭も正座をして、杯を両手で捧げ持った。神妙な顔で一口飲むと、次はそれを深月に差し出した。

「い、いただきます」

両手で受け取り、おずおずと口をつける。舌に青い草の味と甘酸っぱさが広がった。

「深月。改めて、これからもよろしくな」

「こちらこそ、よろしくお願いします」

お互いに頭を下げ合ったあとに顔を上げる。改めて〝番〟になったのだと思うと、気恥ずかしいような気持ちになる。

「……不思議な味ですね」

「あんまり美味《うま》くはないよな」

「体にはよさそうですね」

薬酒というからには、何かしらの薬効があるのだろう。

（……まさか）

以前、一族に伝わる秘薬があると云っていた。子作りのための精力剤のようなものらしいが、まさかそれが混ぜてあったのではないだろうか。旭が怯《おび》えるほどの効果があるらしいが、喉《のど》を通り抜けるときに感じた熱さはそのせいだったのでは——。

「里で採《と》れる薬草と木の実が漬《つ》けてあるんだ。健康と長寿の願いを込めてな。もしかして、一族の秘伝の薬が入ってるとでも思ったか？」

「そ、そういうわけじゃ……っ」

思考を見抜かれ恥ずかしくなる。すでに体を重ねた間柄なのだから照れる必要はないのだが、そういうことを赤裸々《せきらら》に口にするのはまだ恥ずかしい。

「つまり、その気があるということだな」

「だから……！」

揶揄《やゆ》するような言葉を云う旭をつい睨《ね》めつけてしまう。

「よかった。実は少し入ってる」

「え!?」

旭の告白に息を呑《の》む。困惑し、目を泳がせる深月に真顔で問いかけてきた。

「――今夜はこの部屋に泊まっていってもいいか？」

ずるい。本当に旭はずるい。そんな顔で訊《き》かれてノーだなんて云えるわけがないではないか。

「……だ、ダメなわけないじゃないですか……」

羞恥で声が小さくなっていく。見つめてくる旭の視線を正視できず、俯《うつむ》いてしまう。膝に置いた手を握られ、息を呑んだ。恥ずかしいからか、それとも秘薬が効いてきているのかはわからないが、だんだんと体が熱く疼《うず》いてきた。

「深月」

顎《あご》をそっと持ち上げられると、再び熱っぽい眼差《まなざ》しとかち合った。ドキドキしながら降りてくる唇を受け止める。初めは触れ合うだけだったはずのそれは、入り込んできた舌に歯列を割られ、濃厚な口づけへと変化する。

「んん、ぅん」

口腔《こうくう》を探られ、擦《こす》れ合う舌がぞくりとわななく。呼吸すらも奪い取られ、息苦しさに喘《あえ》ぐこともできず、されるがままになってしまう。意識が飛びかける寸前、キスが解けてふっと我に返った。

「あ、あの、灯《あか》りが……」

微《かす》かに残った理性で、それ以上の行為に及ぼうとする旭を押し止《とど》める。煌々《こうこう》としている室内で事に及ぶのは恥ずかしい。

「このままでいいだろう？　ちゃんと深月の顔が見たいんだ」

「だ、ダメです。絶対に変な顔してると思うので……自分で消してきま——うわっ」

自ら灯りを消しに行こうとしたけれど、立ち上がりかけたところで腰に手を回され、背中から抱き込まれてしまった。その弾みで浴衣の裾《すそ》が乱れ、太股が露《あら》わになる。慌《あわ》てて裾を直そうとしたけれど、その前に旭の手が滑り込んできた。

「この体勢なら顔が見えない」

「そういう問題じゃ……あっ、や、ちょ、待っ……！」

「本当に待ってもいいのか？」

旭は意地悪く問いかけながら、深月のそれを下着ごしになぞる。秘薬が効いているせいか、深月のそれはそれだけの刺激ですぐに弾《はじ》けてしまいそうなくらいに張《は》り詰《つ》めてしまった。

どんなに藻掻《もが》いても解放してはもらえず、深月の手足からは徐々に力が抜けていった。

「こ、これは薬のせいで……っ」

「ほんの少ししか入ってないのに、よく効いてるみたいだな」

「や……っ、あ、だめ、あ、あ、あ……っ」

下着を下げられ、自身に触れられる。何度か緩く擦られただけで、体に力が入らなくなってしまった。昨晩よりも敏感に反応してしまう自分の体に困惑するも、こうなってしまえばただ喘ぐことしかできない。

くたりと背中を預けると、浴衣ごしに旭の体温が伝わってくる。彼の匂いが鼻腔《びくう》を擽《くすぐ》り、深月をさらに昂揚《こうよう》させた。全身の汗腺《かんせん》が開いて汗が滲《にじ》んでくる。

「だめ、強く、しないで……っ」

「優しくしてるだろ？」

気を抜くと、すぐに衝動に負けそうになる。畳を爪先で蹴りながら押し寄せてくる衝動に何とか耐えているけれど、それももう限界に近い。

「あっ、あ、あ、あ——……っ」

潤《うる》んだ先端をぐりっと指の腹で抉《えぐ》られたその瞬間、深月は大きく背中を撓《しな》らせた。堪《こら》えきれずに弾けた熱は旭の手を汚す。絶頂の余韻に下腹部がひくひくと痙攣《けいれん》し、深月は荒い息を何度もついた。

達した直後は脳内が焼《や》け爛《ただ》れたみたいに熱くなる。それどころか、欲望を爆《は》ぜさせたばかりの自身はいまも痛いくらいに張り詰め、体の奥では衝動がズキズキと疼いていた。

「どうする？　灯りを消してくるか？」

「……このままでいいです」

　さっきまでの羞恥は、いつの間にか消えていた。いまは旭と一秒だって離れたくない。欲しいのは相手の存在を感じられる熱さだけだ。深月は体を捻《ねじ》り、番となった男にしがみつく。勢い余って布団の上にもつれるように二人で倒れてしまったが、旭は深月を優しく受け止めてくれた。

「愛してる、深月」

　愛《いと》おしげな眼差しと共に告げられた言葉に視界が滲む。

「――僕も、愛してます」

　言葉にできないほどの幸福感を噛み締めながら、深月は自ら旭に口づけた。

あとがき

初めまして、こんにちは。藤崎《ふじさき》 都《みやこ》です。

この度は拙作をお手に取って下さいましてありがとうございました！

すっかり寒くなりましたが、いかがお過ごしですか？　暑いうちは抱っこを拒んでいた犬が膝《ひざ》に乗せろと要求してくるようになり、可愛《かわい》さにデレデレしつつも仕事に支障が出るので困っています。

さて、今回はクマに変身する獣人と天涯孤独な青年とのお話になりました。担当さんから獣人はどうですか？　とリクエストいただいたときに何故かクマが頭に浮かび、こういうお話になりました。

本物のクマの毛並みは硬そうですが、獣人なんだから毛質が違う可能性だってあるはず！　と思ってもふもふふわふわなのを想像しながら書いてみました。

抱きしめられたり、お腹の上で寝たりするのはきっと堪らないのではと思います。深月《みづき》が羨《うらや》ましいです(笑)。

是非感触を想像しながら読んでいただけたらと思います。

あとがき

最後にお世話になった皆様にお礼を。

素敵なイラストを描いてくださいました金《かね》ひかる先生、この度は本当にありがとうございました！　人間のときの旭《あさひ》はもちろんカッコいいのですが、クマの姿の可愛さにラフを拝見したときから身悶《もだ》えておりました。

担当さんにも大変お世話になりました。細かな指摘やアイデアなど、感謝しきりです。ありがとうございました！

そして、この本をお手に取って読んで下さった皆様にも改めて感謝を。ありがとうございました！

差し支えなければ、感想など聞かせていただけると嬉《うれ》しいです。

それでは。またいつか、どこかでお会いできますように！

二〇一九年十二月

竜人は十六夜に舞い降りて

りゅうじんはいざよいにまいおりて

藤崎 都

イラスト：小山田あみ

本体価格870円+税

サラリーマンの秦野螢は、母を亡くしたことがきっかけで父とは疎遠なまま暮らしている。亡くなった祖父は、怪我をあっというまに治したり竜人の出てくる昔話をしてくれたりと不思議な人だった。そんなある日、会社でいつも螢にちょっかいをかけてくる寺内から、倉庫で襲われてしまう。危機を感じた螢は、つい、祖父の形見であるペンダントを握りしめ、助けてと祈ってしまう。すると、突然光があふれ出し、オリエンタルな雰囲気の美形すぎる男が現れる。グレンと名乗るその男は、螢の願いによって異世界から飛んできたといい、さらに祖父の親友だと言い出して――!?

リンクスロマンス大好評発売中

育て男子はキラキラ王子に愛される

こそだてだんしはきららきらおうじにあいされる

藤崎 都

イラスト：円之屋穂積

本体価格870円+税

業マンの巽恭平は、亡き姉の一人息子で幼稚児の涼太と二人暮らし。日々子育てと仕事にわれる中、密かな楽しみはメディアでも騒がるほどのパーフェクトなイケメン広報・九条仁のストーキングをすることだ。がたいがよ強面な自分の恋が叶うはずがない、遠くからているだけでいい――そう思っていたけれ、ある日ひょんなことから巽がストーカーをていることが九条にバレてしまう！ところが条は平気な様子で、むしろ「長年のしつこいトーカーを追い払うため」と称して巽に偽装人になってくれと言ってきて…!?

君が夢見し楽園《きみがゆめみしらくえん》　我が王と賢者が囁《わがおうとけんじゃがささやく》

飯田実樹
イラスト：蓮川 愛

本体価格 1040 円+税

若くしてその才覚が認められた美しい聖職者リーブは、旅の途中「精霊の回廊」と呼ばれる時空の歪みに巻き込まれ、遠い南の島国シークにトリップしてしまう。そこで星詠みに「シークを統べる王·バードの運命の伴侶「白き宝珠である」と予言されたことで、バードに情熱的に求婚されることに。紆余曲折を乗り越え運命に導かれた二人は時空を越えた伴侶として身も心も結ばれた。夫婦として平穏な日々を送る二人は、ある日、海賊に奴隷として捕らわれていた少年・マイヨと出会い、介抱する。その出会いは二人を新たな道へと導くことになり——

リンクスロマンス大好評発売中

昨日の僕にあなたは恋する《きのうのぼくにあなたはこいする》

きたざわ尋子
イラスト：北沢きょう

本体価格870円+税

ある朝、目覚めると一年時間がたっていた——。大学二年生の東谷理玖は、一年間の記憶をなくしてしまった。そんな理玖が目にしたのは覚えのな同居人で、相手は六歳上の従兄弟の東谷瑛司だった。その事実に理玖は驚愕する。なぜなら、常に不機嫌そうで淡々としている瑛司は理玖にとってもっとも苦手な人物だったからだ。さらに「半年前、俺たちは恋人同士になった」と受け入れがたい事実を告げられる。瑛司と過ごした時間も好きだという想いも残っていない理玖は戸惑うばかりだが、恋人だったというわりに瑛司はどこか冷たく、記憶を取り戻した理玖には興味がないと言っているようで…？

LYNX ROMANCE

小説原稿募集

リンクスロマンスではオリジナル作品の原稿を随時募集いたします。

募集作品

リンクスロマンスの読者を対象にした商業誌未発表のオリジナル作品。
（商業誌未発表のオリジナル作品であれば、同人誌・サイト発表作も受付可）

募集要項

＜応募資格＞
年齢・性別・プロ・アマ問いません。

＜原稿枚数＞
４５文字 ×１７行（１枚）の縦書き原稿、２００枚以上２４０枚以内。
※印刷形式は自由。ただしＡ４用紙を使用のこと。
※手書き、感熱紙不可。
※原稿には必ずノンブル（通し番号）を入れてください。

＜応募上の注意＞
◆原稿の１枚目には、作品のタイトル、ペンネーム、住所、氏名、年齢、電話番号、メールアドレス、投稿（掲載）歴を添付してください。
◆２枚目には、作品のあらすじ（４００字～８００字程度）を添付してください。
◆未完の作品（続きものなど）、他誌との二重投稿作品は受付不可です。
◆原稿は返却いたしませんので、必要な方はコピー等の控えをお取りください。
◆１作品につき、ひとつの封筒でご応募ください。

＜採用のお知らせ＞
◆採用の場合のみ、原稿到着後６カ月以内に編集部よりご連絡いたします。
◆優れた作品は、リンクスロマンスより発行させていただきます。
原稿料は、当社既定の印税でのお支払いになります。
◆選考に関するお電話やメールでのお問い合わせはご遠慮ください。

宛先

〒151-0051
東京都渋谷区千駄ヶ谷４−９−７
株式会社　幻冬舎コミックス
「リンクスロマンス　小説原稿募集」係

LYNX ROMANCE

イラストレーター募集

リンクスロマンスでは、イラストレーターを随時募集いたします。

リンクスロマンスから任意の作品を選び、作品に合わせた
模写ではないオリジナルのイラスト（下記各1点以上）を描いてご応募ください。
モノクロイラストは、新書の挿絵箇所以外でも構いませんので、
好きなシーンを選んで描いてください。

1 表紙用カラーイラスト

2 モノクロイラスト（人物全身・背景の入ったもの）

3 モノクロイラスト（人物アップ）

4 モノクロイラスト（キス・Hシーン）

募集要項

＜応募資格＞

年齢・性別・プロ・アマ問いません。

＜原稿のサイズおよび形式＞

◆Ａ４またはＢ４サイズの市販の原稿用紙を使用してください。
◆データ原稿の場合は、Photoshop（Ver.5.0 以降）形式でＣＤ－Ｒに保存し、出力見本をつけてご応募ください。

＜応募上の注意＞

◆応募イラストの元としたリンクスロマンスのタイトル、あなたの住所、氏名、ペンネーム、年齢、電話番号、メールアドレス、投稿歴、受賞歴を記載した紙を添付してください（書式自由）。
◆作品返却を希望する場合は、応募封筒の表に「返却希望」と明記し、返却希望先の住所・氏名を記入して返送分の切手を貼った返信用封筒を同封してください。

＜採用のお知らせ＞

◆採用の場合のみ、６カ月以内に編集部よりご連絡いたします。
◆選考に関するお電話やメールでのお問い合わせはご遠慮ください。

宛先

〒151-0051 東京都渋谷区千駄ヶ谷 4－9－7
株式会社　幻冬舎コミックス
「リンクスロマンス　イラストレーター募集」係

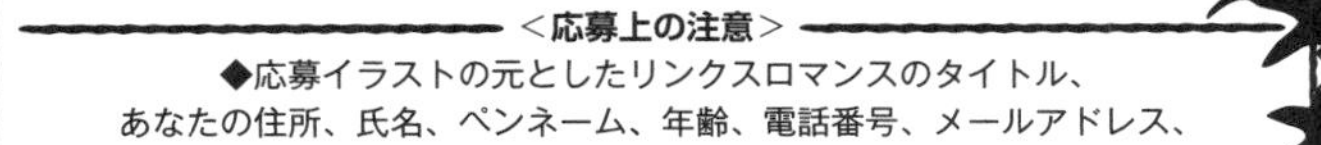

この本を読んでの
ご意見・ご感想を
お寄せ下さい。

〒151-0051
東京都渋谷区千駄ヶ谷4-9-7
(株)幻冬舎コミックス　リンクス編集部
「藤《ふじ》崎《さき》 都《みやこ》先生」係／「金《かね》ひかる先生」係

リンクス ロマンス

拾った熊が僕のベッドに棲んでいます。

2020年1月31日　第1刷発行

著者……………藤《ふじ》崎《さき》 都《みやこ》

発行人…………石原正康

発行元…………株式会社　幻冬舎コミックス
〒151-0051　東京都渋谷区千駄ヶ谷4-9-7
TEL 03-5411-6431（編集）

発売元…………株式会社　幻冬舎
〒151-0051　東京都渋谷区千駄ヶ谷4-9-7
TEL 03-5411-6222（営業）
振替00120-8-767643

印刷・製本所…株式会社　光邦

検印廃止

ISBN978-4-344-84598-5 C0293
Printed in Japan

幻冬舎コミックスホームページ　http://www.gentosha-comics.net